译文纪实

恋愛しない若者たち
コンビニ化する性とコスパ化する結婚

牛窪恵

[日]牛窪惠 著　　　李叶 译

不谈恋爱的
年轻人

便利店化的性与性价化的婚姻

上海译文出版社

目　录

前言 ··· 001

第一章　恋爱革命
——是什么让年轻人与恋爱渐行渐远？

恋爱革命　阻碍年轻人恋爱的主要原因①
"超信息化社会"带来的功与过 ······································ 003
　约会与色情图就像"随时随地"的便利店 ···················· 004
　消失殆尽的性与恋爱幻想 ·· 006
　比起零背叛的虚拟恋爱，现实恋爱更加"沉重" ········· 008
　与恋爱渐行渐远的"其他欢乐场" ································ 010
　倾向短时间个人性行为的男女与加速的性自助化 ········ 011
　SNS上相互监视的宽松世代，恋爱也需察言观色 ········ 014
　约会与恋爱不能成为骄傲及"谈资"?! ························ 017
　追求零压力恋爱，但排斥社群内恋爱 ···························· 020
　互联网真正意义上助攻恋爱配对的一天终将到来？ ····· 022

不谈恋爱的年轻人　001

恋爱革命　阻碍年轻人恋爱的主要原因②

"男女平等社会"与"男女不平等恋爱"间的差距与困境 ……………………………………………………… 025

　男性草食化现象并非日本独有…………… 028
　受社会闭塞感影响的男性与选择面广且有退路的女性
　　…………………………………………… 029
　十几岁时的"年龄差恋爱"导致对男性的不信任…… 031
　明明男女平等，为何表白与买单都是"男性"…… 034
　在别腹的异性——"性伴侣""床友"之真面目 …… 037
　家庭主妇愿望与返祖的恋爱观之谜……………… 041
　在现实与昭和式恋爱的幻想之间………………… 043

恋爱革命　阻碍年轻人恋爱的主要原因③

超恋父母族的出现与恋爱热情的抑制……………… 046
　无论母女间还是母子间，都有"约会"的感觉……… 048
　过于通情达理的父辈与经济萧条下的家庭回归…… 050
　但"我不愿过父母般的婚姻生活！"……………… 053
　企业战士的父亲是"反面教材"………………… 055
　"勇者斗恶龙型"恋爱的父辈与"精灵宝可梦型"的
　　子女………………………………………… 057
　子辈无法独立的"亲子求职"实态………………… 059
　高中生、大学生仍与母亲共浴?! 儿子的真实想法
　　是……?………………………………………… 061
　对母亲的过度考虑，会抑制儿女的恋爱热情……… 063

在父母与社会的双重约束中左右为难的年轻人·········066

恋爱革命　阻碍年轻人恋爱的主要原因④
恋爱风险的暴露与年轻人的风险规避·············069
恋爱当中风险重重?!·················070
桶川跟踪狂杀人事件的负面影响···········072
恋爱暴力的蔓延与不会说"NO"的年轻人·······074
大人们造就的去个性化环境与避免"招摇"的意向
　　　·························077
无论怎样都属于"自我责任"，反正谁都不会保护你
　　　·························078
对年轻人的性骚扰、职权骚扰，大人们注意到了吗?!
　　　·························079
搭讪需谨慎！令男性闻风丧胆的冤罪风险·······083
意外怀孕······男性面临的又一"风险"！······085
离婚——近在眼前的恋爱不良债权···········087

恋爱革命　阻碍年轻人恋爱的主要原因⑤
泡沫经济崩坏与长期萧条导致的恋爱格差社会········089
年收入低、非正规雇佣男性"不愿恋爱"········090
恋爱也"知难而退"的男性··············092
一旦偏离轨道便无法回头的"希望格差社会"·····095
有钱没时间恋爱的正规雇佣者与有时间没自信的非正规
　　雇佣者······················097

男性的矛盾：既想娶事业型的妻子，又喜欢家庭型的
可爱女性 ································· 100
单身寄生族男女难以恋爱的真正理由 ················· 103
即便如此仍想结婚的理由是……？ ··················· 105
不愿成为"温和的叛逆者" ······················· 107
格差社会孵化出的切实恐惧 ······················· 110

第二章　恋爱、性、婚姻的历史及世界百态
—— 恋爱、表白、婚姻水火不容？！

对恋爱与性豁达大方的平安时代日本人 ··············· 117
恋爱婚姻分离、女性地位低下的镰仓时代武家社会
 ································· 119
豁达大方的"平安型恋爱"在江户时代百姓中再现？！
 ································· 120
大正浪漫是性、恋爱与婚姻三位一体化的开端 ··········· 122
在相亲结婚现实与浪漫爱情憧憬的夹缝之间 ············ 123
"幸福家庭"优先于个人恋爱感情的"友情婚" ·········· 125
战争与对女性贞洁的极力主张 ····················· 126
相亲结婚转为恋爱结婚的原因之一为"经济高速增长"
 ································· 128
上世纪六七十年代的职场每天都有联谊？！ ············ 130
异乎寻常又转瞬即逝的恋爱结婚至上主义 ·············· 131

泡沫经济时期后,婚姻从"必需品"转变为"嗜好品"
 ······ 134
不断提高恋爱门槛的"表白"文化 ······ 136
唯独日本从"表白"开始?世界各地恋爱与表白百态
 ······ 139
父母与社区鼎力相助的美国"恋爱活动"实态 ······ 140
朋友与恋人界限暧昧不清的欧洲恋爱文化 ······ 142
日本"表白文化"背后残留的"贞操观念" ······ 145
表白与性伴侣隐藏的真正意义 ······ 147
果断划清恋爱与婚姻界限的中国年轻人 ······ 149
为何韩国不婚者与"女强人"与日俱增? ······ 151
在欧美式与亚洲式之间摇摆不定的日本年轻人 ······ 153
恋爱与婚姻原本就相互矛盾 ······ 155
是时候从恋爱结婚的幻想中解放出来了 ······ 157

第三章 从恋爱结婚到"合作式婚姻"
——接纳圈外婚、性价比婚等多种多样的婚姻形式吧!

已然无法忽视的"同性婚" ······ 166
益处满满的蓝海市场"圈外婚" ······ 167
性价比至上的新型婚姻形式 ······ 178
如今流行在老家与青梅竹马结婚 ······ 183
特地搬去乡村结婚 ······ 186
"试婚"蔚然成风的征兆 ······ 190

未婚同居的风险与立法需求……………………… 193
"不要丈夫，只要孩子"的女性心理……………… 196
日本亦存在暗潮汹涌的非法精子交易……………… 199
恋爱结婚已化为泡影，今后支持"合作式婚姻"吧 … 201

后记………………………………………………… 203

前　言

"跳过恋爱"的年轻人

我想请大家，特别是 35 岁以上的各位，先试着回忆一下自己芳华时代青涩的"恋爱"场景。

大学时，只因为与男朋友在社团活动楼约会，心就怦怦乱跳。第一次亲吻时，即使不是"柠檬的味道"，也紧张得仿佛心脏都要跳出来。或是瞒着女友的家长，第一次两个人的旅行，边说着"想要一辈子在一起"，边牵着手一起入眠的夜晚……

可是，如今 20 多岁的年轻人不谈恋爱了。不是不能，而是不想去谈恋爱了。

据某项调查结果（2014 年/瑞可利公司）显示，如今 20 多岁年轻人中，女性没有交往对象的占比 60%、男性占比 76%。另一项调查结果显示，如果仅看"20 岁"时间节点的年轻人就更是寥寥无几了，目前超七成女性、近八成男性没有交往对象（2015 年/O‑Net）。除此之外，从明治安田生活福祉研究所的调查（2014 年）来看，"以往没有恋爱经历的 20 多岁年轻人"在女性中占 23%、男性中占 41%。

那么，30 年前如何呢？据国家第三方调查机构历年调查显示，**泡沫经济时代预兆期到全盛期**的 1982 年、1987 年，"无交往对象"（18 岁到 34 岁未婚）人群仅在女性中占 35%、男性中占 43%。反过来说，**六至七成男女都有交往对象**，与如今相比有显著的差别（2010年/国立社会保障・人口问题研究所）。

我是已过不惑之年的泡沫世代①。大学时代里，将恋爱理想化的偶像剧风靡一时（绝不是我夸大其词），比起上课、研讨会和社团活动，与男朋友约会才是优先级最高的大事。当时的流行词（1990年）是"车夫男、请客男、送礼男"，指开车接送、请客吃饭还送礼物的男性。我也让当时的男朋友每天接送我到打工的地方，过着"如胶似漆"的生活。身边的朋友和上女子大学的女性朋友们恋爱更加气派，一到圣诞节前夕，她们就会接二连三地收到男性送的蒂芙尼和卡地亚这类奢侈品礼物，甚至还有把礼物拿到当铺换钱的。我也曾深以为然。

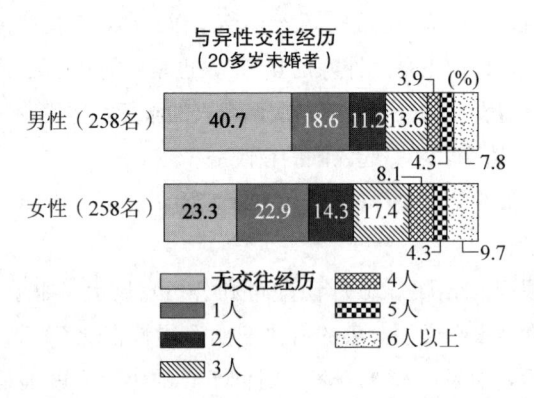

与异性交往经历
（20多岁未婚者）

	无交往经历	1人	2人	3人	4人	5人	6人以上	(%)
男性（258名）	40.7	18.6	11.2	13.6		3.9	4.3	7.8
女性（258名）	23.3	22.9	14.3	17.4	8.1	4.3		9.7

出自明治安田生活福祉研究所《第8次 结婚・生产相关调查》2014年

现在想来，原本的泡沫经济时代是恋爱至上主义最盛行的时代。相比之下，认定"如今的年轻人不谈恋爱了"似乎过于草率。如今20多岁的年轻人明明也想谈恋爱，却没能与异性交往甚欢，或空留

---

① 泡沫经济时期新入职的一代人。与之前的"团块世代"和之后的"就职冰河期世代"相对。

满心遗憾吧……

比如说"草食系男子"。他们是玻璃心的代言人,极度恐惧向异性表白后被甩的伤害。我从2006年开始对20多岁的男性进行研究,与敝司(市场调研公司)员工分头行动,采访了百余人。2008年,执笔完成了招牌"草食系男子"专著。托它的福,至今邀请我作为该领域专家发言的机会仍不胜枚举。

不过,大约自2009年起,我的关注点逐渐转移到**与年轻男性相同或比其有更严重的"恋爱低体温症"女性们的动向上**。最近,这一趋势在数据上也有所显示。

比如,2015年内阁府公布的《少子化社会对策白皮书》显示,大约四成未婚且无交往对象的20多岁的青年男女表示"不想要恋人"。其中,表示"恋爱太麻烦"的男女均占45%左右。此外,在之前的网络调查中,表示"并不想要恋人"的女性也占四成(男性为35%),刷新了史上最低值。顺便一提,15年前同公司的调查结果(2000年)显示,"不想要恋人"派在男女中占比均仅为一成。即使未追溯至30年前的泡沫经济时期,也可推算出该15年间,不仅男性,女性中"不需要恋爱"派亦增加了三成。

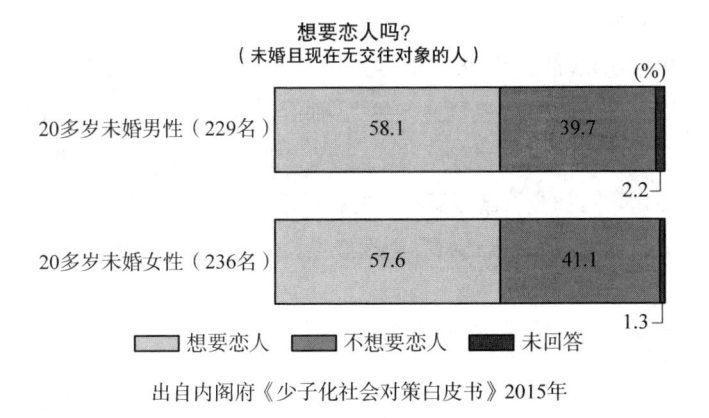

想要恋人吗?
(未婚且现在无交往对象的人)

	想要恋人	不想要恋人	未回答
20多岁未婚男性(229名)	58.1	39.7	2.2
20多岁未婚女性(236名)	57.6	41.1	1.3

出自内阁府《少子化社会对策白皮书》2015年

不谈恋爱的年轻人

本次新采访对象 20 多岁的青年男女所发出的种种共鸣便是最有力的证明。

"表白,总觉得太过认真,令人恐惧。"

"恋爱本身就是件丢人的事,仿佛'八卦的谈资'。"

"约会好累。耗费了成本(金钱和时间),却没有回报。"

"最近他工作忙,一个月只见一次面就可以了。好幸运啊!"

甚至还有更加惊人的心声入耳。

"结婚就可以从麻烦的恋爱中解放出来了,好想快点结婚!"

事实上,恋爱成了不仅不谈,还"想无视"的东西。**"跳过恋爱"** 的年轻人比比皆是,甚至还有一些年轻人厌恶恋爱。近年来,连消费领域都盛行"厌消费"① 风,恋爱自然也不例外。特别是最近几年,恋爱甚至被女性视为"雷池",望而却步。

到底是什么让他们如此渴望"跳过恋爱"呢?经过半年的采访,日本年轻人存在的各种问题渐渐浮出水面。

采访伊始,我先问了自己一个问题:若任由"跳过恋爱"的 20 多岁人群增长,社会上不结婚或不能结婚的年轻人不就越来越多了吗?

说到底,恋爱与否是个人的自由。虽然我真心觉得他们"明明那么年轻,不谈恋爱白白浪费了大好年华",但在正值 20 多岁的青年男女看来,或许是多管闲事吧。

可问题是即使对恋爱"低体温"的年轻人增至如此地步,**他们中也有近九成人表示"迟早会结婚"**,而且希望结婚(2010 年/国立社会保障·人口问题研究所)。另一方面,**恋爱结婚取代了 1960 年代的相亲结婚,占如今"结婚契机"的压倒性多数(九成)。**

不言而喻,"恋爱结婚"必须经过与异性的交往和恋爱感情的升

---

① 以低欲望社会、保守型消费为指向,"厌消费世代"成为 90 后日本年轻人的新称呼。

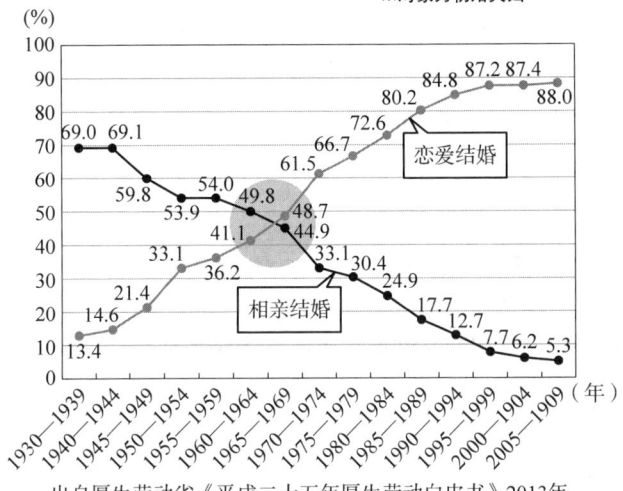

从结婚年份看恋爱结婚·相亲结婚的构成演变
※对象为初婚夫妇

(%)
- 恋爱结婚：13.4, 14.6, 21.4, 33.1, 36.2, 41.1, 48.7, 61.5, 72.6, 80.2, 84.8, 87.2, 87.4, 88.0
- 相亲结婚：69.0, 69.1, 59.8, 53.9, 54.0, 49.8, 44.9, 33.1, 30.4, 24.9, 17.7, 12.7, 7.7, 6.2, 5.3

(年) 1930—1939, 1940—1944, 1945—1949, 1950—1954, 1955—1959, 1960—1964, 1965—1969, 1970—1974, 1975—1979, 1980—1984, 1985—1989, 1990—1994, 1995—1999, 2000—1904, 2005—1909

出自厚生劳动省《平成二十五年厚生劳动白皮书》2013年

温，才能步入婚姻的殿堂。也就是说……？

毫无疑问，**若放任该状况不管，不婚化、少子化进程将会进一步加速**。九成年轻人所期待的"婚姻"将会更多化为泡影。这不仅是他们年轻人，想必是全日本都不得不认真面对的迫在眉睫的课题。

即使保持着现有未婚率，日本在未来30年中也会迎来比如今更为严峻的超少子高龄化社会。因此，如今日本国家和地方自治体分别增设了相亲支援预算，各司其责，想方设法让年轻一代男女结婚生子。

近年来，我也曾有多次机会在以"国家行政方式相关座谈会"（内阁官房）为首的各种政府机关委员会、研究会上，讨论"如何支援年轻人的结婚、生育意愿"。

然而至今为止，从"跳过恋爱"的20多岁的年轻男女来看，至少目前的措施似乎都很难取得显著成效。唉，难道就没有什么上好的对策吗？

因此，本书在迄今为止我与敝司展开的年轻人研究及采访的基础上，进一步对 600 名 20 多岁男女展开采访和定量调查，从各种角度分析他们所处的社会状况及深层心理。同时，我们也采访了许多在恋爱与婚姻研究领域首屈一指的有识之士。

在对有识之士的采访中，也听到了如下声音。

"对年轻人来说，已然到了恋爱尤其'麻烦'的时代。"（关西大学教授　谷本奈穗）

"对如今 20 多岁男女来说，恋爱是精神层面上的'负担'。"（和光大学副教授　高坂康雅）

"在如今崇尚现实主义的年轻人看来，恋爱不符合'性价比'。"（中央大学教授　山田昌弘）

随着采访与研究的深入，通过对过去恋爱史的回顾，明确了年轻人恋爱积极性的转折点在 1990 年代中期至 2000 年代。我将其定位为**"恋爱革命"**。

革命的主要原因有五点。想必最主要的原因非**"泡沫经济崩坏与长期萧条"**莫属。在第一章中，中央大学教授山田断言"年轻一代，特别是男性，无论是结婚还是恋爱，只要经济不景气工作不稳定便无法积极向前"，该点在数据上也尽显无遗。

除此之外，"恋爱不良债权的暴露与风险规避""超信息化社会与过度的社群导向"和"男女平等社会与男女不平等恋爱"，以及或许会有些意外的"**超恋父母现象与性的自助化、厌恶化**"似乎也与如今 20 多岁的青年男女不愿谈恋爱有着千丝万缕的联系。

首先来向大家展示一组惊人的数据吧。中学生里体验过"第一次射精"的男性在1999年时占53％，而2011年竟减少至36％。厌恶性的20多岁的男性也逐年增加，如今已经发展到每5名男性中便有1名以"肮脏"的眼光看待性（2015年/日本家族计划协会）。

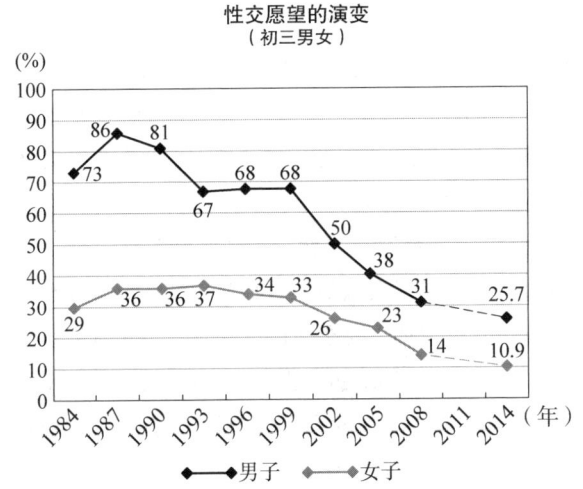

性交愿望的演变
（初三男女）

年	1984	1987	1990	1993	1996	1999	2002	2005	2008	2011	2014
男子(%)	73	86	81	67	68	68	50	38	31		25.7
女子(%)		29	36	36	37	34	33	26	23	14	10.9

出自东京都幼·小·中·高精神教育研究会《对儿童·学生的性相关调查》2014年

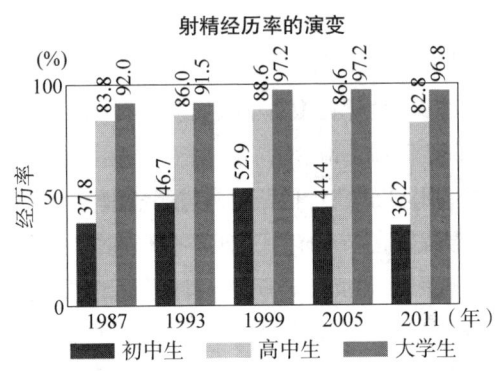

射精经历率的演变

年	1987	1993	1999	2005	2011
初中生(%)	37.8	46.7	52.9	44.4	36.2
高中生(%)	83.8	86.0	88.6	86.6	82.8
大学生(%)	92.0	91.5	97.2	97.2	96.8

出自日本性教育协会《第7次青少年性行为全国调查》2011年

为何会如此呢？多数有识之士认为"母子亲密接触"实为其主要原因。比如，从高中男生的性经历率这一点来看，母亲为"家庭主妇（或许比上班族母亲更容易发生母子亲密接触）的情况下，孩子性经历率在 2005 年达到顶峰（23％）后急剧下降，2011 年降至 8％。下降幅度与上班族母亲家庭的高中男生，以及高中女生的数值变化相比格外明显（2011 年/日本性教育协会）。

"尾木妈妈"——法政大学·职业规划系教授尾木直树告诉我："近年来，父母与十几、二十几岁孩子的亲密接触现象日益显著。高中生，甚至部分大学生还同父母一起洗澡。"想必该现象也成为了抑制孩子性需求的原因之一。

昭和时代里，"恋爱"与"性"和"婚姻"是三位一体化的。尽管定义"性冲动促使年轻人恋爱和结婚"的论文数不胜数，但事实上那种关系模式已几近崩坏。我在演讲中提及"与父母的亲密接触也是原因之一"时，许多长辈认为"是因为最近过度溺爱孩子的父母太多"。也会经常遇到五六十岁的男性半开玩笑地说："我老婆也觉得儿子实在是太可爱了，真是没办法。"

父母疼爱自己的孩子当然绝对不是错事。问题是对于如今 20 多岁青年男女来说，已然演变成"父母是最后的堡垒""只能依赖父母"的状况。

此次接受本书采访调查的 20 多岁的年轻人基本是"宽松世代"（如今 19 岁至 28 岁）。他们在中小学接受宽松教育，自出生以来一味地见证着日本经济"直线下滑"。

在 2013 年的拙作中，我将他们称为"醒悟世代"。他们尽管还年轻，却似乎已经看透了任何事情"反正不过如此"。这背后溢满了对国家及企业的心灰意冷，"反正国家和企业都不会保护我""反正日本也就这样了"。正因如此，他们没有安全感，不时刻刻与父母和朋友黏在一起便心神不宁。本次采访中，"能够信任的大人终归只有父母"的声音也此起彼伏。

同时，可以看出他们对"恋爱"一词的概念理解与上一代人截然不同。其中具有代表性的是关于**性伴侣的存在**，部分年轻人若无其事地脱口而出"啊，有啊"。详见第一章。

无论是1990年代中叶至2000年代的"恋爱革命"，还是近来年轻人的"跳过恋爱"现象，都与日本"丢失的20年"有着密不可分的关系。不仅在经济上，甚至在恋爱上也被"时代的转折点"浪潮所捉弄的年轻人尽管迷茫，但仍然一点一点地开始砥砺前行。

例如，作为他们的前辈，那些已婚男女开始选择"年龄差婚""同居婚（事实婚姻）"以及其他多种多样的婚姻形式。在最后一章中，我们将探究如今的年轻人是如何看待这些多样化的婚姻形式以及性价比至上的**性价比婚**。本书亦包含独家问卷调查结果，敬请带着期待阅读。

传统形式的恋爱结婚已经过了保质期。取而代之的新型性价比婚姻，或许今后反而大有希望。

在读完本书之际，关于年轻人的恋爱、婚姻，以及日本的未来，如若能让大家心中萌发出些许积极的小芽，我将欣慰之至。

牛窪惠

※本书中登场的普通男女名字均为化名。依本人要求，职业和居住地多少有所变更。

※大学、企业相关人员及艺人、知名人士的年龄、属性、头衔等，若没有附加说明，以采访时间或2015年7月末的时间节点为准。

《20多岁男女的恋爱与结婚相关问卷》调查概要
调查方法：网络调查

调查地域：一都六县（东京、神奈川、千叶、埼玉、群马、栃木、茨城）

调查对象：有某种程度交往意愿和结婚意愿的 20—29 岁年轻男女（平均年龄 25.82 岁）

调查期间：2015 年 6 月 19 日（星期五）—21 日（星期日）

有效回答数：600 个样本（单身者 400/有配偶者 200）

调查企划：日本出版公司 Discover21/Infinity 株式会社

调查协助：网络调查公司 CrossMarketing

第一章
恋爱革命

——是什么让年轻人与恋爱渐行渐远?

恋爱革命　阻碍年轻人恋爱的主要原因①
"超信息化社会"带来的功与过
——在虚拟恋爱与现实恋爱的夹缝之间

"恋爱？我不需要。明明其他快乐的事情要多少有多少。"

如今的年轻人常把这样的台词挂在嘴边。我初次听到时大为吃惊，反问道："其他快乐的事，是指什么？"于是我得到了大抵都是诸如此类的回答。

"看岚的 DVD 啦，同朋友去逛街啦，在 Facebook 上发发牢骚啦。"

"刷 AKB 48 的博客和玩网游吧。"

"在 LINE 上尽情拼杀消消乐（消除迪士尼角色玩偶的益智类游戏），或者是泡在恋爱剧本模拟手机应用小程序里。"

但这些与恋爱不是同一回事吧，只是单纯的兴趣而已吧……说着说着，我恍然大悟。

是啊，对如今的年轻人来说，恋爱已不是人生中不可或缺的"必需品"，而是可有可无的"嗜好品"。与社交网络平台（SNS）和网络游戏一样，不过是兴趣的一种罢了。

究竟是从何时起变成这般模样的？至少我们泡沫经济一代人（如今大约 45—55 岁）的青春时代并非如此，明明恋爱无论好坏都应该是必需品的……

约会与色情图就像"随时随地"的便利店

  事实上，该变化与以互联网和社交网络平台为代表的媒体发展息息相关。

  可以说，本世纪初兴起的年轻人对恋爱热情的转变——"恋爱革命"发生的首要原因，就是所谓"**超信息化社会**"带来的功与过，恋爱的"兴趣化"。也可以说是**庞大的信息披露导致心跳的感觉和恋爱的神秘感消失了**。

  阅读传播总监[①]佐藤尚之的专著《明日计划》（讲谈社现代新书）便能明白近年来的超信息化有多大规模。

  尤其具有代表性的是"仅2011年一年内传播的信息量，就相当于人类迄今为止所著全部书籍信息量总和的1921万倍"一类的表述。

  说起1990年代前半期给恋爱带来变化迹象的工具，似乎非无线传呼机（BB机）莫属。有了BB机，恋人们即使分隔两地也能取得联系，互诉"我爱你"的衷肠，一下子拉近了距离。它当之无愧是划时代的发明。

  BB机登上舞台时，我在读大学。回想孩提时代，家中只有一部拨号式黑色电话机（无子机）。如若是喜欢的男孩子要打来电话，我会好几个小时前起就提心吊胆地守在电话机旁，生怕"爸爸接了可怎么办"。

  然而，如今20多岁的年轻人是互联网原住民一代。他们大多自孩提时代起便在手机与网络包围的环境下成长，拥有专用的电话分机

[①] Communications Director，负责制定和执行组织的传播战略，以确保信息的准确互通及有效传播。在组织中担任多个角色，包括高层决策者、外部代言人、内部沟通者等。

更是不在话下。也有些年轻人甚至表示连无线传呼机都"不记得在现实生活中见到过"。也难怪,1998 年日本首部儿童用手机(PHS①)"哆啦 A 机"问世(当时为 NTT 专属),同年 windows 98 也开始发售。他们自幼时起便能够随时通过电话或短信与喜欢的异性直接取得联系也是理所当然的事。

毫无疑问,与忐忑不安地盯着老式黑色电话机相比,这样自然更轻松便捷了。但与此相对,其便利性大概也削减了青春期特有的恋爱兴奋感吧。

对异性裸体和性所表现出的兴味索然,与媒体的进步也绝非毫无瓜葛。本次采访中,来自 20 多岁的年轻人诸如此类的声音不绝于耳。

"初中时,我(在手机上)点了一个奇怪的按键,屏幕上突然弹出了女性裸体。净是些下流的姿势,好恶心。"

"小学时,我用父亲的电脑上网,意外地发现了动作(做爱)视频,吓了一跳。他们不太舒服的表情,总觉得有点吓人。"

想必也受该类原因的影响吧。**如今 20 多岁的女性中每 3 人便有 1 人以上、同年龄段男性中每 5 人便有 1 人以上表示"对性毫不关心"或者"很厌恶"**。据统计,该类"性冷漠＋厌恶"派,与 2008 年时的 20 多岁年轻人(孩提时代互联网尚未完全覆盖的年轻群体)相比,仅 6 年就上涨了不止一成(2015 年/日本家族计划协会)。

1980 年代前半期,成人电影横空出世。当时录像带的销售价格很贵,人们大多在出租录像店凭身份证租带子看。至此,对于小孩子来说,异性的裸体与性应该仍是完全不曾涉足的未知领域。

---

① 一种移动通信技术。属于 2G 移动通信技术的一种。起源于日本 NTT 实验室,对终端用户来说因其远低于一般 2G/3G/4G 网络通信费而广受欢迎。PHS 在中国又称"小灵通"。

然而，在如今20多岁年轻人的中小学时期，互联网上的成人网站忽如一夜春风来，"色情图片（静态图）"率先经由电脑侵入家庭内部。当他们成为高中生、大学生时，"视频"成人网站也陆续登场。后来，随着手机及智能电话的发展，随时随地都能浏览相关内容已成为常态，如今更是成了便利店般便捷享用之物，神秘的春光乍泄与"暮光之城"感早已烟消云散。

消失殆尽的性与恋爱幻想

神秘的春光乍泄从营销角度来说即"蔡格尼克记忆效应"。该理论由苏联心理学家布卢马·蔡格尼克提出，指相对于处理完成的事，人们更容易被不能完成和尚未处理完的事所吸引，对之的印象也更加深刻。

在广告领域中，比如"15秒后精彩继续"插入的电视广告就是一例。或者从绘画领域来看，便是因为不完整才神秘的"维纳斯"——也正因如此，其别名又称"维纳斯效应"。

想必对于异性的裸体和性也是同样的原理吧。那么，实际情况如何呢？孩提时代满心好奇，若中途被阻拦说"不行哦"，就会愈发想知道后续。可是，若起初便给他们看了全貌，他们反而会觉得"原来是这样，也不过如此啊"，兴趣随之削减。

研究领域为青年独立与自我发展的和光大学现代人类学系副教授高坂康雅指出："在获取任何信息都轻而易举的互联网社会中成长起来的年轻人，认为凭此便能洞知一切的'既视感'十分强烈。"如同一个从未去过夏威夷的年轻人，看过它的网络视频或电视上的清晰影像及信息时，便觉得"夏威夷不过就是这样的地方嘛"，仿佛亲身去过一样……

高坂康雅定位**年轻人"恋爱既视感"高涨的时期为 1990 年代下半期以后**。在此之前，电影与偶像剧中上演的"百分百"恋爱才最让人心驰神往。即使是墨守成规的和谐爱情故事，年轻人也能沉迷其中。数不胜数的偶像剧与好莱坞式爱情故事的鼎盛期，便是我的青春时代无疑。

然而，1990 年代中叶以后，随着电视信息类节目与网络世界里"恋爱现实"的相关言论层出不穷，在年轻人心目中"恋爱嘛，现实中也不过如此"一类的想法蔚然成风。加之近来游戏、虚拟偶像（初音未来等），甚至如 AKB 48 般"可以面对面的偶像"的出现，仿佛让人有种恋爱需求得到了满足的错觉，与此相对，现实中的恋爱反而"麻烦"又"疲惫"。

另一方面，"近年来，男性对于'性'的幻想与女性对于'恋爱'的幻想均有所下降"。中央大学教授山田昌弘如是说，"男女性均变得愈发现实，结果导致浪漫情绪扭头转向了虚拟世界"。作为性欲、快乐需求与恋爱替代品，性风俗、老虎机以及虚拟恋爱应运而生。

那么，人类的恋爱需求可以在空想与虚拟恋爱中得到满足吗？

高坂康雅断言："NO。"

"恋爱是一对活生生的男女将真心相互碰撞，如网球对打般相互给予能量，从而获得成长与满足的东西。"而空想与虚拟世界终归只是单方的兴趣范围，无法吸收对方能量，说起来近似于自顾自地"打壁球"。

尽管如此，只要能够随时随地把小腹塞满，就不容易感到"饥饿"。在敝司调查的年轻人饮食生活中，20 多岁的年轻人大部分都没有什么一日三餐的概念。有时每天只吃一顿，也有时全天仅靠五六顿甜品与"卡路里伴侣"（营养补充食品）果腹，"少食多餐"。若习惯成了自然，那么"大腹"将很难有空余了吧。或许近来的虚拟恋爱热潮也与填满小腹的代餐感如出一辙。

比起零背叛的虚拟恋爱，现实恋爱更加"沉重"

本次采访中，"二次元不会背叛（自己）"的台词屡见不鲜。

旭通广告公司（ADK）青年项目组长藤本耕平在专著《奉献世代》（光文社新书）中记述："（最近流行的）恋爱游戏重点已经从捕获对方芳心的游戏感，转变为在游戏世界中模拟恋爱"的享受感。书中也对"零背叛"的现代游戏真实样子有所触及。

例如，曾经（1990年代）风靡一时的《心跳回忆》（科乐美公司）是一款让玩家享受如何捕获可爱女孩角色芳心的过程，并乐于其中狩猎技巧的恋爱模拟游戏。如若没有被目标角色表白，或者表白失败，便以"悲剧告终"，无法实现恋爱。

然而，2009年科乐美数码娱乐公司开发的游戏《爱相随》的机制则是玩家通过与游戏中的二次元女朋友互动，作出"欢迎""我回来了"之类的问候，或者用笔抚摸女朋友的头，逗她开心又让她害羞得脸通红，促使玩家对角色产生恋爱的感觉，随着相处时间的推移愉悦感愈发加深。虽说以悲剧告终的可能性并非为零，但一般不会发生。据说遭遇背叛的风险微乎其微。

通常情况下，若谈及沉迷于二次元恋爱的年轻人，想必会有人联想起过去的"御宅族"。事实上，在千禧年代中期以前，该思想一直根深蒂固。

轻小说①作家本田透于2005年出版的著作《电波男》（三才出版）中写到，在"帅哥与丑男（姿容等令人不舒服的男性，包括御宅

---

① 一种娱乐性大众文学和通俗文学体裁，源于和制英语 Light Novel。可以理解为"能轻松阅读的小说"，盛行于日本。

族在内）"两极分化加速的时代里，对丑男来说，与三次元（现实）女性谈恋爱仿佛踏步于"不毛之地"。在此基础上，作者振臂疾呼"通过虚拟恋爱来邂逅理想中的恋爱，正是御宅族的胜利所在"。

那么，如今御宅族属于少数的一类吗？不，多个调查结果显示，答案并非如此。

例如，据 2014 年，日本大型就业信息公司 Mynavi 对 2015 年准大学/研究生院准毕业生的调查显示，"认为自己属于御宅族"的学生占全体中的四成。不出所料，御宅族领域排名前 3 位的依次为"动画""漫画""游戏"。不过，令人意外的是，回答属于"御宅族"的男女比例相差微乎其微。近年来，两位 20 多岁的女白领相视一笑说"我是腐女（喜欢男男爱情的女性）呀——""我也是啊——"的场景也不足为奇。**与从前相比，性格开朗的御宅族明显增多了。**

着迷于前文提到的《爱相随》游戏和颇受 20 多岁女性欢迎的"他男友"游戏（恋爱游戏中对帅哥的称呼）的人群，大多是"现充①"的年轻人。他们穿梭于打工、社团活动和公司生活中，过得相当充实，朋友也有十几二十个，若想认真恋爱并非找不到交往对象。但他们却坦言"目前并不那么想要（对象）""暂且虚拟恋爱就足够了"。为何会如此呢？

和光大学副教授高坂康雅表示："因为**对于如今已经习惯虚拟世界的 20 多岁的年轻人来说，现实恋爱是精神上的'负担'。**"

的确，如果把虚拟恋爱比作独自"打壁球"，那么现实恋爱就如同双方相互给予能量的网球、乒乓球等连续对打类项目。给予出去的能量需要再生产，但有些人却不能顺利完成。

---

① 网络流行词，源自日本网络论坛 2ch 的大学生活板。主要指在现实世界中生活得充实的人们，全称为"现实生活很充实的人生赢家"。

比如，工作中能获得自信的男性，能量也会相应增加，会有富余的时间称赞女朋友"这个美甲好可爱啊"，让她满心欢喜。受到夸奖的她也会笑着回答说"谢谢啦"，心里想着"对了，用打工赚来的钱给他买点好吃的吧"。若如此良性循环往复，双方均会容易感到"在一起好快乐""元气满满"。

然而，若双方中的任何一方性格内向，一直如虚拟恋爱般"打壁球"的话，总能量并不会增加，恋爱成了对方单方面的能量给予。于是，对方会想："为什么老是我又要夸赞又要请客？"不久便因为能量不足而疲惫不堪，感到"恋爱很沉重"……

据说即使本身在恋爱中表现出积极态度的年轻人，只要与内向的人交往过一次，也多会持有"恋爱就是沉重、麻烦"的想法。

与恋爱渐行渐远的"其他欢乐场"

春香（22岁）精力充沛地在一家餐厅打工的同时也参加了资格认证课程学习班。她说："我前男友占有欲太强了，见面只会让我'心情沉重'。"

春香的前男友从事自由职业，是个不折不扣的游戏爱好者。起初两人因在线游戏之类话题相谈甚欢，然而有一次春香因学习临时取消了约会，第二天前男友便开始在推特上监视她的一举一动。从那以后，前男友常因为"刚才去见男生了吧？!"一类事情火冒三丈，频繁地发短信给她，最终导致分手。

类似案例屡见不鲜。知名私立大学二年级学生拓哉（20岁）正在为去意大利留学做准备。与高中同窗已经交往了两年多的他，最近也开始感叹在LINE[①]上互动倍感"沉重"。

[①] LINE是韩国互联网集团NHN的日本子公司NHN Japan推出的一款即时通讯软件，类似于国内的"微信"。

"偏偏在我忙得不可开交的时候给我发来（图片），问'这件衣服怎么样'。若我没回复，她便说'明明都看见了（为什么不回信息）'，简直让我气不打一处来。真是受够了，我想分手。"

与此相对，拓哉迷恋的网络服务平台"谷歌＋"（谷歌）和社交软件"755"（CA 广告）总是可以仅在兴起时去瞄一眼偶像"帕露露（AKB 48 岛崎遥香）"的动态。若在帕露露发的"早上好——"下面跟帖"还好吗？睡得好吗？"，大约 1000 次中也会有 1 次幸运地得到回复。"这样反而快乐得多，也更有心动的感觉。"拓哉如是说。

2014 年，高坂康雅将不想谈恋爱的年轻人（男女 900 人）按"不想谈的理由"划分为 4 种类型，并分别研究了每种类型的年龄与身份、亲密关系等相关性。从中得出的结论是，最难谈上恋爱的是"不自信"型与"积极回避"型人群。

前者是尽量不谈恋爱，不想被别人伤害的类型，因为他们觉得自己毫无魅力。后者是试图规避恋爱风险，抑制能量消耗的类型，因为他们性格内向，恋爱能量不足。这两类人都不善言辞，经常宅在家里，而且同性朋友也不多。

以上我完全认可。意外的是，如春香和拓哉般善于交际、兴趣广泛、工作努力且精力旺盛的"乐观期待"型人群，也不太想要交往对象。

即使该类型的人群认为"比起恋人，兴趣和学习优先等级更高"，仍旧能轻而易举吸引对方。**因为他们一直以来处理事情都游刃有余，所以容易乐观地觉得"恋爱嘛，什么时候都可以谈"。** 若有虚拟平台之类其他欢乐场存在，他们必然会更容易产生"目前不需要恋爱"的想法。

倾向短时间个人性行为的男女与加速的性自助化

虚拟技术的发展与成人网站的普及，客观促进了"个人性行为（自慰行为·手淫）"的发展。该行为堪称短时间刺激且不需要异性的性需求处理方式。

众所周知，近年来避孕套的出货量一直呈减少趋势。减少幅度自1999年开始日益显著，2013年度日本国内出货量为260万罗（1罗＝12打＝144个），仅在过去10年内就减少了二成（2014年10月29日登载/《日刊SPA!》）。

若仅如此，或许是因为少子化导致年轻人自身数量的减少，大概不能一口咬定是"因为自慰行为的增加导致性交频率（避孕套消费）的减少"吧。不过，日本家族计划协会诊所所长北村邦夫从其他角度研究了避孕套的出货量，察觉到该趋势与互联网普及之间所存在的相关联系。

他之前在接受我采访时曾提出："避孕套出货量明显下降的时期，事实上与电脑网络的普及（1998—2000年）和手机网络环境的整顿（1999年、2005年）时期出奇地吻合。"原始参考数据出自厚生劳动省《药事工业生产动态统计年报》等。

起初，也有人认为避孕套出货量显著减少是因为1999年日本发售了低用量药（口服避孕药）以及"不戴套年轻人的增加"，而北村与多位专家表示"想必并非该原因所致"。

例如，避孕药在发售阶段并未大面积普及。1990年代中后期，HIV诉讼等因药害引发艾滋病问题开始闹得沸沸扬扬，年轻人中"必须戴套"的意识高涨。在那样的时期里，避孕套的出货量与上一年相比仍下降至86%，实在令人不可思议……最终辗转得出结论如下：因**电脑网络接入所带来的成人网站的普及，客观促进了无需避孕套的"个人性行为"**。

2005年的情况也是如出一辙。在避孕套出货量骤然下降的背后，手机版成人网站普及的事实难辞其咎。同年，号称男性自慰用飞机杯（人工阴道）的"TENGA"（典雅牌男用自慰杯）也一举成为年销售量破百万的畅销品。

本来因为超信息化社会，如今的年轻人就容易对异性裸体和恋爱抱有"反正就是这种东西，也不过如此"的心态，加之可以通过智能手机随时随地享受成人网站，他们很难产生"想同那个人发生性关系""想谈恋爱"之类的感觉。毋庸置疑，让性欲与恋爱热情直接关联的机会也会随之减少。

性、恋爱与婚姻"三位一体"的概念被称为"浪漫爱情意识形态"。该思想起源于18至19世纪的欧洲地区，于经济快速增长期后的1950年代后半期至1970年代左右传遍日本的大街小巷。

在当时的日本，性、恋爱、婚姻之所以密不可分，是因为在意识形态指引下，人们认为"恋爱是选择正当结婚对象的唯一途径""性唯有在已婚夫妻之间才可以进行"。

因此，日本直至1970年代，若"想与异性发生性关系"仍需要经历以下步骤："与对方一起吃饭，发自内心地向对方表白，多次约会，再以结婚为前提……"

然而1980年代以后，性与恋爱的解放（自由化）如火如荼。1990年代中期后，超信息化社会的发展更是加速了性的自助化及便利店化。即使没有爱情，也能自己轻松满足性需求。毋庸置疑，正是如此环境让年轻人与恋爱渐行渐远。

问题并不只限于男性，最近面向女性的成人视频网站也颇受欢迎。其中最大规模的"GIRL'S CH"（SOD影视公司）在女性时尚杂志 *an・an*（MAGAZINE HOUSE）性爱特辑中引发热议。自其开站以来，仅两年半时间便有以女性群体为中心的大约1500万人次收看（2015年5月末）。

SNS 上相互监视的宽松世代，恋爱也需察言观色

"女高中生平均每天使用智能手机（部分为非智能手机）时间为 7 小时。"

2015 年，网络信息安全公司 Digital Arts 发布了这一触目惊心的数据。不仅如此，据说每 10 人中便有 1 人每天使用手机超过 15 小时。

尽管如今 20 多岁的年轻人不至于到如此程度，但他们从初高中开始便熟用 SNS，与朋友随时联系已是家常便饭，手机对他们来说形同手足。

21 世纪初在日本年轻人中引起轰动的 SNS 主要为 2004 年登场的 Mixi 与 2008 年登场的推特。2010 年以后，Facebook 及 LINE 引爆网络。截至 2014 年，18 至 29 岁的年轻人分别有 53％加入了推特大军，64％加入了 LINE 大军。特别是 24 岁以下，在推特与 LINE 上"几乎每天浏览、投稿、发消息"的年轻人分别达到三成和四成（2014 年/I&S BBDO）。

那么，如今 20 多岁的年轻人是如何使用 SNS 的呢？我们来看几个例子吧。

直美（26 岁）在一家保险公司做派遣工，几乎每天晚上都会在社交软件 Instagram 和 Facebook 上刷女性朋友们的发帖。比如，大家最近状态如何啦，宠物的病有没有治好啦，减肥是否还在继续啦，最近新入的社团是否开心啦……若她将与可爱鞋子合影的自拍照上传，并配文"我买了它！"，朋友们便纷纷给她点赞。相反，她若听闻朋友心情不好，也会随即发出"没事吧？"之类体贴的问候。如此网络一线牵的感觉简直让人无法抗拒。

只是如若刷到"现实生活超充实风"的帖子，着实会让人沮丧。那些只顾炫耀自己男朋友之类"不懂得察言观色的人"，即使表面上

融入了圈子，也不会得到他人的每天跟帖和点赞。"因为一旦不小心看到，就会焦虑得睡不着觉。"直美如是说。

大阪国立大学学生汤渡（21 岁），每天早上一起床就去刷 7 个朋友发的推文。据说刷完可以预先思考在校园里遇到他们时"用什么话题做开场白"。

"因为如果对方发帖'我好像失恋了'，而第二天一早你漫不经心地说'太惨了，我在打工的地方被表白了'，那么大家保证会用意念'杀你千万遍'"。

在我们大人看来，这"真是太麻烦了"，简直如同上班族接待客户般"体察入微"。然而市场调查公司 R&D 的 20 岁至 26 岁男性社群（"U26"）负责人堀好伸指出："如今 20 多岁的年轻人忌讳'KY[①]'，每天不厌其烦地刷动态，认为那是理所当然的事。"

另外，堀还指出，近来即使在年轻男性之间，对共鸣词"可爱"的需求也有所增加。

"例如，他们若无其事地将卡通角色的玩偶或饰品佩戴在包上啦，穿着同样广受女性欢迎的运动品牌 T 恤衫啦，相互夸赞'呀，这么可爱啊'，等等。"

简直与女生会上互赞对方美甲的白领丽人，或是在开市客超市买到一套马克杯就"好可爱啊！""好可爱啊！"兴奋地感慨个不停的家庭主妇别无二致。想必年轻一代在该点上，即使是男性，"想与周围人同步且产生共鸣"的愿望也很强烈吧。

诸如此类的共鸣需求似乎与如今 20 多岁年轻人大多接受过的"宽松教育"密不可分。

---

① 网络流行词。源自日语"空気が読めない"，K 是"空気"的首字母，Y 是"読め"的首字母。指不懂得察言观色（的人），不会按照当时的气氛与对方的脸色做出合适的反应。

人称"夜巡先生"的上智大学哲学老师水谷修指出,"**宽松教育特有的教育神话促成了如今 20 多岁青年的同步发展**"。

昭和时代,可以说小学里有小鬼大将,大学里有混世魔王,个性鲜明的学生也大有人在。然而,宽松教育强调"比起竞争,大家保持良好关系更重要",无论多么讨厌的孩子都应该与他统一步调、友好相处。如此一来,一方面遏制了学生的好恶与个性,另一方面强化了他们不能公开表达好恶,表面上必须保持一致、"友好相处"的观念。水谷表示,因其反作用,最近也出现了一系列问题,比如"**LINE 欺凌**"、校园里自发生成的学生序列,即"**学校等级制度**[①]"。

无独有偶,关西大学综合信息学部教授谷本奈穗也在《恋爱的社会学》(青弓社)等著作中提到,"**近六七年间,SNS 的迅速普及,迫使人们的日常生活、朋友关系,甚至恋爱都置于'众目睽睽'之下。**"

对此,我也感同身受。我也是推特和 Facebook 大军中的一员,不会全盘否定 SNS。然而我也真真切切地感受得到数字技术剥夺人们自由的一面每时每刻都在上演。例如,从名古屋的酒店房间里拍摄夜景,即使发了张隐藏酒店名的照片到公共社交平台上,也会立刻被爆料出"啊,这照片的拍摄角度是在某某酒店的北侧房间,35 或 36 层"。或者,完全陌生的人在推特上(公开)发帖"牛窪惠刚刚在大阪站买了蓬莱的肉包子",瞬间便人尽皆知。真是一秒钟也放松不得。

而将 SNS 视如手足般熟练使用的 20 多岁的年轻人,想必压力一定会比我们有过之而无不及。

[①] 又称"校园血统"。父母、家庭、经济等因素都会成为等级序列的一部分。类似于印度的"种姓制",不同之处在于,等级划分更加森严,且终身都可能发生变动。

以下声音也不绝于耳。

若两三天不发推，朋友会担心地来问："怎么啦?"若不回复LINE上的信息，背地里会被骂："这家伙，消息读完还不回。"若与异性朋友在同一时间地点发帖，会被吐槽"你俩很可疑哟"。或者若在朋友心情低落的时候，只有自己发帖"今天有这么好的事"，那么便会遭到朋友排斥（被移除好友）"真碍眼"……

"正因为如此，他们才容易觉得恋爱'麻烦'。"（谷本）

最近经常听闻"我取关了某某""我被某某取关了"之类的话。取关指取消对推特好友的关注。并非是因为厌恶了，那一刻不过是出于想要移除对自己的推文不回应、渐行渐远的朋友而已。

若是被排斥或者取关，便得不到考试题目以及就职活动的有利信息。最重要的是，唯有自己被同伴排除在外，"无依无靠"的孤独感挥之不去。想必从小在"大家友好相处"教育下成长起来的多数年轻人，唯独在该点上是绝对想避而远之的吧。

如此一来，20多岁年轻人中的超五成开始切身感到"SNS疲惫"（2014年/I&S BBDO）。如前文提及的春香和拓哉般为恋人的网络束缚烦恼不已，甚至"想分手"的年轻人也不在少数。不过，他们一定会说：

"事到如今，唯独要我戒掉SNS，根本办不到!"

约会与恋爱不能成为骄傲及"谈资"?!

SNS将恋爱暴露在**众目睽睽**之下，"秘密"一词已然成为死语。

不过，比如今20多岁人稍年轻些的初高中生们，也有享受该状态之处。例如，有一种将自己与恋人拥抱、亲吻的视频传至互联网端的"恋爱视频"，在该领域最受欢迎的非"MixChannel"（Donuts）莫属。它是一款给用户提供手机端拍摄和编辑 10 秒短视频功能，并可以即时发布至互联网端的应用程序。其用户近九成为初高中生，八成为女性。

2015 年 5 月 10 日，我在电视节目《星期天先生》（富士电视台）中介绍该应用程序时，收到了正在使用中的初高中女生们的心声如下：

"我和男朋友舌吻的时候就想让大家都看看，想让他们羡慕地感慨'真好啊'！"

"通过恋爱视频显摆一下'他是我的人'，好用来制约他周围的莺莺燕燕。"

仔细浏览这些视频网站，便会发现甚至有初高中女生上传怀孕测试剂阳性反应和宝宝 B 超的照片，并配文："我怀孕了，他还被蒙在鼓里！""待男朋友知道这个网站的存在时，到底会怎么想呢？"诸如此类让人不禁打个寒战的同时，也对 10 岁至 15 岁左右的孩子仍然认为恋爱值得"骄傲"的样子略窥了一二。

事实上，普通中学生里"有约会经历"的年轻人占 22％—24％，有接吻经历的年轻人仅占 13％左右（2011 年/日本性教育协会）。如此看来，他们还是属于被周围人羡慕，"引领潮流"的一类人。中学（截至 15 岁）以前有性经历者当然更是少之又少，本次调查结果中也显示男性（单身）占比不足 5％、女性（单身）不足 7％。

然而，若是 16 岁至 20 多岁的年轻群体，便另当别论了。大学生中有亲吻经历的男女均占 65％左右，有性经历的男女均占五成左右（2011 年/日本性教育协会）。到了该阶段，恋爱已不能成为"谈资"，也很难引以为傲，完全属于"兴趣"的领域了。

如今 20 多岁的年轻人原本便嫌恶"一本正经"的骄傲。尤其是宽松世代，他们是在 21 世纪初崭露头角的《雨后脱口秀！》（朝日电视台)等"雏坛艺人①"轻幽默段子的陪伴下长大的一代。日本经济新闻社论说委员石锅仁美表示:"正因如此,比起明石家秋刀鱼和北野武一类'头号艺人'的笑点,宽松世代更欣赏雏坛艺人'捧哏'式的语言交流,贴近生活且吐槽精准。"

SNS也不例外。比如料理方面,若是泡沫经济时期流行的高端红酒与正宗的法国菜,即使发帖说"喝好了""吃完了",也会收获话题终结者式评论"嗯,挺不错""接下来呢",气氛瞬间降至冰点。但若是B级料理或者"嘎哩嘎哩君玉米浓汤冰棒"(赤城乳业),评论中就会满载着"这什么破玩意啊""什么味儿啊"之类的"吐槽",气氛热闹非凡。发帖者本人也会获评"那人很受欢迎嘛",在朋友间人气高涨。

恋爱也同理。假如发帖"明明是过生日,男朋友却带着我吃路边摊(炒面)",便会有很多人跟帖"太差劲了吧""不分手还留着过年啊"。但若是发"我去了一家好时尚的海湾餐厅约会"的话,不但不能成为骄傲,反而只会引起反感,让人耻笑。

前文提及的春香垂头丧气地说:"我之前被女性朋友们嘲笑是'恋爱脑'。"悠太也因为被大学社团里的伙伴说"你只知道约会""真是闲啊"而感到丢脸,闷闷不乐。

正如从两人心声中所示,**约会与"恋爱脑"已不再是值得骄傲或赞美的词**。因为如今大多数人都"无交往对象",想必空气中也弥漫着一种难以坦言交往的氛围吧。

另外,近来也存在嘲笑容易深陷恋爱中的男女为"郁娇②"的倾

---

① 日本综艺节目里多呈阶梯式座位,类似摆放雏人形的雏坛。而坐在那里即使没有发言机会也会努力给大家带来欢乐的搞笑艺人统称"雏坛艺人"。
② Mental-Healer,谐音"闷黑辣",二次元文化中的萌属性之一。广义上指处于精神疾病的状态下与被某事物强烈吸引无法自拔的人所表现出来的性格特征,有点偏向占有欲又有极端的思想或行为。

向。该词原本是网络俚语，指来自2频道（2ch）网站心理健康讨论板（公告栏）中那些患有精神疾病的群体。狭义上指"反复进行自残行为或割腕的人"。半开玩笑的场合，也可用于"对异性倾注了过剩的爱""迷恋渣男"之类的语境中，例如，"你又被男人迷住啦？""不要啊，你郁娇吗？！"等。

追求零压力恋爱，但排斥社群内恋爱

如今20多岁的年轻人精通察言观色之道，重视"与大家友好相处"。**不愿与"自家人"谈恋爱**也是他们的典型特征之一。

假如圈子（社群）内部有三角恋、失恋或者妒忌等情况发生，朋友间关系会乱成一团麻。更别说像泡沫经济时期热剧《男女七人夏（秋）物语》（TBS电视台）中那样，B女在A男和C男之间纠缠不休，A男在B女和D女之间脚踏两只船，内部难分难解，甚至到了连圈子是否还能维持下去都岌岌可危的境地。

本次调查内容也包含年轻人如何看待存在扰乱和谐风险的"社群内部交往"，单身群体中表示"赞成"的仅占52%。其他调查结果也普遍呈现出类似倾向。在20多岁的年轻人中，认为公司、社团、好友圈内部恋爱"有点难为情"的男性占三成以上、女性占四成以上（2014年/瑞可利）。另一份调查结果显示，每3人中便有2人"（因为会对工作产生影响）反对职场恋爱"（2015年/O-Net）。

我虽然理解他们的心情，但还是有些疑惑。近年来，年轻一代在恋爱对象的需求上也呈现出与己相似异性的倾向，比如"性格相合""气场相合""价值观一致"等。符合这样需求的反而是近似"自家人"感觉的异性。

关西大学教授谷本指出："在恋爱世界里，比起自由与相互争夺，追求'感觉上相似性'趋势的高涨是在 **1990 年代中期以后**。"泡沫经济崩坏时,以年轻人为首"不愿引起争端""尽量避免摩擦"的想法日益强烈,"若恋爱对象也是相似感觉的人便轻松了"之类的"脱压志向"尽显无遗。

其背后隐藏的是由超信息化社会与经济不景气所带来的"高压社会"。此外,想必也存在否定泡沫经济时期以来"三高男(高学历、高收入、高个子男性)"与金龟婿等恋爱中"赢家、输家"志向的"反泡沫"的一面吧。

1999 年,消费领域中"治愈"一词选入新语·流行语大奖前十名。自那时起,逞强买奢侈品和跑车的年轻人明显减少,环保又舒适的轿车以及"自然 & 简约"型时尚开始备受关注。优衣库和无印良品便兴起于那一时期。

比起勉强追求高不可攀或者与己相异的人,年轻人们更愿意尽可能与零压力的人在一起。谈恋爱,选择与己相似的异性恰到好处。不过,他们并不愿意与"自己人"谈恋爱……

大概关系很难往前进一步发展吧。

毫无疑问,在我们泡沫经济世代处于青春时期的 1980 年代里,恋爱比如今"快乐"得多。归根结底,是时代的趋势,谷本如是说。

直至 1970 年代,浪漫爱情意识形态依然勉强存在。但进入 **1980 年代恋爱至上主义时代**以后,恋爱变得游戏化,"自由恋爱"风气高涨。性、恋爱与婚姻的三位一体化已然崩坏,"将性与婚姻分开考虑""恋爱自由性自由也无妨"的解放感支配着年轻一代。

不过,对于如今 **20 多岁**的年轻人来说,自由恋爱自他们出生以来一直都是理所应当的事。实际上,比起那种解放感,SNS 所带来的束缚感大数倍以上。事到如今,连骄傲都算不上的恋爱似乎只沦为一种拘束的存在,绝不会是件快乐的事吧。

互联网真正意义上助攻恋爱配对的一天终将到来？

1990年代中期，泡沫经济崩坏，历史的巨轮驶入了"个性化""多样化"的时代。

小林祐儿在研究生院攻读社会学，同时在市场调查公司日本市场代理机构中广泛开展普通消费者最新动向的调查与研究。对此，他表示："准确地说，正是因为深信'必定、应该多样化'，才增加了恋爱交流的心理成本。"

举个极端的例子。比如，性。与昭和时代相比，如今的价值观再怎么多样化，"希望拥有普通性生活"的年轻人应该也占绝大多数。然而，目前周刊上接二连三地登载"某异性提出如此变态的性要求"的报道，互联网中也充斥着"认为一辈子保持童贞也无妨的男性与日俱增"之类的偏颇信息。

凶案也是如出一辙。与昭和时代相比，明明残忍的凶杀案有所"减少"，可是在超信息化社会的现代，只要发生一起事件，媒体和网民便会事无巨细地收集、传播，以至该事件被呈现得变本加厉。于是，信息所及之处的人们会想：

"莫非隔壁邻居也有罪犯的潜质？"

"如果昨天初次约会的男生也是个变态，该怎么办啊？"

虽说也可以在相遇的时候直接向对方坦言疑虑，但这样做毕竟很难。特别是涉及细致的恋爱问题，如果初次见面就问"你不是变态吧"之类的话，自己反而会被当成神经病。因此，在一段关系中，哪怕对对方的言行举止有一点点存疑，不知不觉便会产生"哎，还是不要再深入交往了吧"的想法……

有研究者将过度排斥想法及标准与己相异之人的反应称为"多样性恐惧症"。近来在恋爱方面也存在为了"以防万一"而对猜不透的异性敬而远之的强烈倾向。

如此一来,曾经被视为必需品的恋爱与婚姻,如今也必须通过交谈从"此人是否有恋爱意愿"开始试探。想必其心理成本已攀升至1980年代前的数倍。

另外,上一代人中存在视童贞为"异常"的倾向,而如今20多岁年轻人反倒认为"纯洁的保有童贞的人更好"。甚至连《花花公子周刊》(集英社)也举办了一系列以"童贞联谊会"为名的相亲活动,人气颇高。

据该杂志编辑部负责人介绍,即使他们以"30对男女"的比例招募,2天内便会有大约150名男性蜂拥而至,作为候补等待他人取消的空位。而女性参加者虽不至于到如此夸张的地步,但出于"童贞男似乎不会出轨""感觉他们因为纯洁而值得信赖"之类的考虑,也会陆续申请参加。

没错,关键在于匹配。即使生活在看似过于多样化的社会当中,像"童贞联谊会"般自开始便举着"只有保有童贞的人可以参加"的鲜明旗帜召集人的话,哪怕是"稀有"男女也可以相遇,且不需要消耗太多心理成本。同理,自开始便能根据兴趣和目的按类别聚集人群的SNS,"若使用方式得当,对恋爱也可以起到积极的促进作用"。小林祐儿如是说。

的确,如今通过SNS和网上服务平台相识相恋的男女(20—40多岁)大约占一成。在某些方面看似增加了恋爱难度的推特,也可以通过输入喜欢的音乐家名字搜索,进而与"志同道合"的用户们相约在活动会场"先试着见一见"。

此外,如若担心见面时无话可说,可以去浏览他或她之前的推特。借此收集"他是好这一口的人啊"之类的信息,了解到"他似乎不是个奇怪的人"大概也可以稍感安心吧。小林祐儿也曾提及:"尤其是日常生活中转瞬间写下的推文，会将发帖者的态度与性格暴露无遗。"

　　超信息化社会让年轻人与恋爱渐行渐远。正因如此，未来的某一天如若互联网可以作为更方便的工具被自由操纵，必然会成为其可靠的恋爱帮手。
　　究竟是被互联网操控，还是熟练操控互联网？年轻人挑战的号角才刚刚吹响。

恋爱革命　阻碍年轻人恋爱的主要原因②
"男女平等社会"与"男女不平等恋爱"间的差距与困境
——被昭和时代恋爱幻想束缚的年轻人

在年轻人不谈恋爱现象的背后，**恋爱市场中女性早恋（早熟）与男女差距的扩大问题**似乎同样迫在眉睫。

据前文提到的日本性教育协会 1974 年至 2011 年共计 7 次的调查结果显示：在 1974 年阶段，有接吻与性经历的男高中生人数比率较女高中生均高出 4％左右。例如，26％的男高中生及 22％的女高中生"有接吻经历"，10％的男高中生、6％的女高中生"有性经历"。

然而，在 1981 年泡沫经济萌芽期间，两方面的经历率男女均出现逆转。尤其是近年来，高中阶段的男女差距日益显著。从该调查 2011 年的数据来看，37％的男高中生"有接吻经历"，女高中生该比率高达 44％。男高中生中"有性经历"者占 15％，女高中生中该比率达 24％，两方面的经历率女高中生比男高中生均领先 7％—9％。**我们本次的调查结果也显示出，在 18 岁以前有性初体验的单身群体中，男性比率为 20％，而女性为 24％，仍然略高一筹。**

在如此情况下，近年来，愈来愈多的 20 多岁的女性认为同龄男性"孩子气""靠不住"，憧憬与比自己年长的男性谈一场"年龄差恋爱"。

"同龄男生既不会养我,说话又无聊,接吻技术也不怎么样。就算和他们交往了也是三重苦啊。"

她们对同龄男性的看法令我目瞪口呆。4年前,为调查恋爱相关话题,我约了3个20岁出头(当时)的白领聚在一起,听她们谈论感情生活。令我吃惊的是,她们3人都有过与比自己大20岁左右的男性(其中2人离过一次婚)交往的经历。

2011年,我与明治大学文学部教授诸富祥彦共同编著了一本名为《"年龄差婚姻"的真面目》(扶桑社新书)的书。因为从那时之前的几年开始,**年轻女性对"年龄差恋爱/结婚"的意愿明显高涨**。

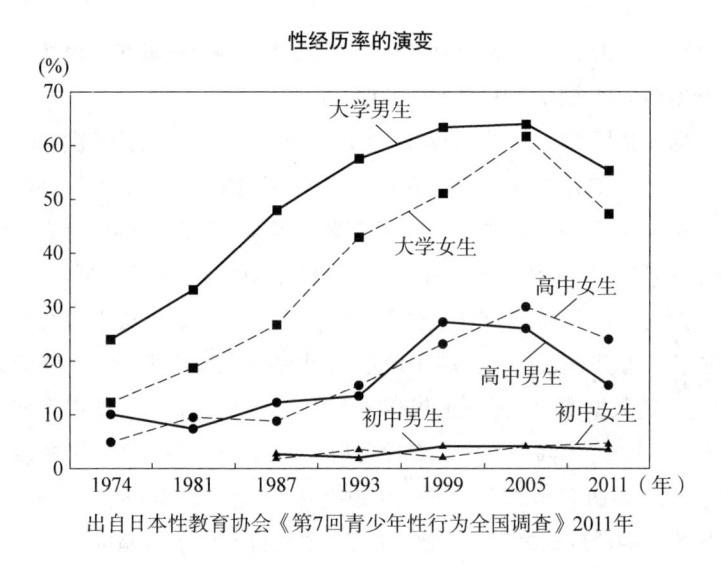

性经历率的演变

出自日本性教育协会《第7回青少年性行为全国调查》2011年

某调查结果显示,女性每5人中便有1人"与50多岁男性结婚"(2010年/扶桑社)。我与日本经济杂志 PRESIDENT 共同进行的调查也显示,近半数(45%)的20多岁女性认为"比自己年长10岁以上也OK"。

跨越二三十岁年龄差的婚姻,就连娱乐圈中也仅限于加藤茶、石

初次与异性发生性关系的年龄？
20多岁单身男女各200名（共计400名）

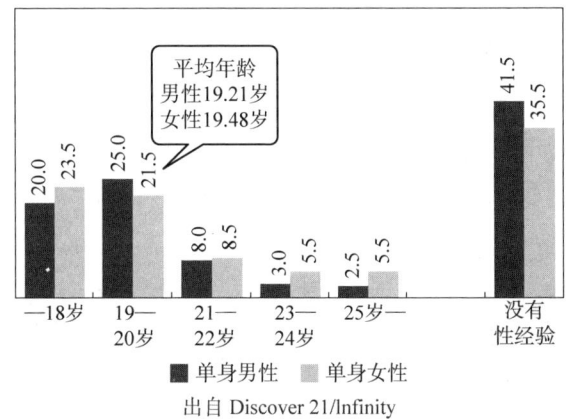

	—18岁	19—20岁	21—22岁	23—24岁	25岁—	没有性经验
单身男性	20.0	25.0	8.0	3.0	2.5	41.5
单身女性	23.5	21.5	8.5	5.5	5.5	35.5

平均年龄
男性19.21岁
女性19.48岁

出自 Discover 21/Infinity
《20多岁年轻人恋爱与婚姻的相关调查》2015年

田纯一等部分演员和明星。不过，自 2000 年代起"10 岁以上"的年龄差婚姻与日俱增。据某婚介所调查显示，"结婚对象年长 11 岁到 15 岁"的女性人数在 5 年间从 13％增至 38％（2009 年/Alpa）。厚生劳动省的调查也显示，自 2005 年以来，"丈夫比妻子年长 7 岁以上"的情况在初婚夫妇中占比始终高于一成。

自古以来，年轻女性在成长过程中总是容易被年长的男性所吸引。不过，仅凭这一点并不足以解释近年来年轻女性明显开始追求年上男（比自己年长的男子）的现象。那么，其理由究竟是什么呢？

实际上，这里面隐藏着恋爱革命的第二个因素，即如今 20 多岁年轻人所苦恼的**"男女平等社会"与"男女不平等恋爱"之间的差距与困境**。

男性草食化现象并非日本独有

——女性大脑10岁左右便如成人般理性且高效运转,而男性要待20岁左右才……

2013年,英国纽卡斯尔大学的马库斯·凯瑟博士公布了男女大脑发育研究中一个令人震惊的发现:男女间"有大约10岁"的心理年龄差。在此之前,多数学者认为该差距为"3—6岁"。

年龄差不仅存在于心理层面。正如前文所述,近年来,日本女性在接吻与性交等恋爱行为的提前化与主动性方面备受关注。相反,年轻男性呈现出被嘲笑"恋爱不主动""经验不足""草食系"的状态。

不过,这种"草食化"趋势并非日本所独有。

之前我接受美国发行量最大的报纸《华尔街日报(WSJ)》以"Grass Eating Boys(草食系男子)"为主题的采访时,记者谈到"美国在2001年9·11事件和2008年雷曼危机(次贷危机)以后,草食系群体及'不婚男性'与日俱增,如今美国年轻女性也在感叹'找不到好男人'"。当时,美国作家凯·海莫维兹(Kay S. Hymowitz)的著作《像个男人样儿》(Manning Up)大受欢迎。

顺带一提,1970年美国29岁仍未结婚的男性仅占16%,而2010年该比例竟然激增至55%。(2011年2月15日登载/*Japan Real-Time*)

当时,我接受了美国、英国、法国、荷兰、韩国等不胜枚举的海外媒体关于"草食系男子"的采访,几乎所有国家的记者都以"我国(草食系男子)也与日俱增"为开场白。相反,在欧美发达国家中,以"我国目前没有草食系男子"为前提采访的大国不过意大利等仅有的几个。

受社会闭塞感影响的男性与选择面广且有退路的女性

那么,为何会出现这一系列的"男性草食化现象"呢?

三重大学教育学院研究年轻人"远离恋爱"等现象的南学教授表示:"因为通常来说,男性更容易受到社会闭塞感的影响。"

关于日本年轻人的社会闭塞感如何影响他们"远离恋爱",南学对男女性分别进行了调查研究。其研究的契机是2011年引起热议的古市宪寿(东京大学综合文化研究科博士)的著作《绝望国度里的幸福青年》(讲谈社)。

古市宪寿在书中以内阁府调查(2010年)为例,揭示了20多岁年轻人的现状,即尽管"对日本的未来不抱希望",但"对当下生活的满意度较高"。且通过"正因为对未来不抱希望,所以才专注于'当下'的幸福,感到心满意足"这一假说对看似相互矛盾的现状予以说明。

因此,南学将271名大学生分为"恋爱群体""期望恋爱群体""抵触恋爱群体"3类,观察男女性别之差与闭塞感及对未来期望之间的关联性。

结果显示,男女在恋爱现状(有无恋人)方面不存在明显差异,但也有某些方面差异远超预期。

其一,与男大学生相比,女大学生普遍坚信未来前景一片光明,秉持"努力使生活蒸蒸日上"的人生观。其二,唯有对恋爱持消极态度"抵触恋爱"的男大学生多数持"自我沉浸式人生观",换言之,只想丰富自己的内心世界(兴趣爱好等),不想与他人有过多牵扯。

研究结果再次揭示了**"悠然生活的女性"**与**"容易受社会闭塞感影响的男性"**之间的差异,南学用"女性的'退路'"这一表达方式来进行说明。

"即使在如此主张男女平等的社会中,对女性而言,存在'大不了结婚'、留学、从事自由职业等掩体与'退路',这在入职后的工作阶段也依然奏效。而男性一直承受着'入职大企业''成为正式员工'之类的压力。这种差异也或多或少地反映在恋爱关系中。"

不仅如此,虽说自由职业者在现实中多为女性,但世俗印象中却是"住在四张半榻榻米大小①的房间里,嗦着杯面,性格内向的男性",南学如是说。即使同为 20 多岁的啃老族,女性也有"帮家里做家务"之类维持体面的托词。在这一点上男女差异非同小可。

近来,**在年轻女性中,"家庭主妇憧憬"再次升温**。据厚生劳动省2013 年的调查显示,15 岁至 39 岁的单身女性每 3 人中便有 1 人表示"想成为家庭主妇"。不客气地说,这或许是年轻女性的一种"逃避"现象。

不过,若说女性一味地靠逃避来获得轻松也不正确。

和光大学副教授高坂康雅指出:"与男性相比,女性在考大学与找工作阶段,不得不在众多选项中做出一个艰难的'抉择'。也可以说正因如此,青春期的女性要比男性在心理上更早成熟。"

对自立与自我发展也有所研究的高坂康雅,通过研究发现,在人类身份(自我)的确立过程中,"选择与努力"不可或缺。换言之,我们应该从若干个未知选项中选择并决定自己想成为哪种人,并为达成该目标而竭尽全力。

即使在表面看似"男女平等"的社会中,**男性依然会被强加"求职/工作理应如何如何"之类的陈规旧套**。这对他们来说毫无疑问是巨大的压力,但另一方面,因为选择非常有限,所以早期阶段很少为"选择"而烦恼不已。

然而,**女性有包含退路在内的广泛选择**。尤其是近年来,为了鼓

---

① 一张榻榻米的传统尺寸为宽 0.9 米,长 1.8 米,面积 1.62 平方米。依据地区不同,尺寸也会稍有不同。

励女性在结婚、生育后继续工作，国家及大学加强了关于"何时结婚、生育与重返职场"一类的人生规划与职业管理教育。也有些十几二十几岁的女性在升学与求职阶段已经开始为日后的结婚、生育做打算，并且制定了长期规划，比如"若能在职业学校考个美甲师资格证，或许婚后也可以按照自己的节奏工作""生完宝宝后仍想住在大阪老家附近，因此想去不调动工作的企业就职"等。

顺带一提，广岛大学冈本祐子教授的个体同一性研究指出，女性除了升学与求职以外，日后仍可以在"结婚（改姓）""生子""重返职场""闭经"等各种人生拐点上重塑自我。而男性在求职阶段若不幸只能在极少的选项中无奈做出选择（例如：应聘50家公司，只勉强拿到2家公司的预录用，即使都不称心也只好二选其一），大概之后便只有在面临"跳槽""裁员""退休"时，才有机会硬着头皮做出"选择和努力"了。与女性相比，男性受社会闭塞感影响大，自由度低，成长的机会也寥寥无几。

原本男性就比女性心理成熟得晚，近年来女性在接吻、性等恋爱经历方面又呈现出提前化倾向。加之男性受社会闭塞感影响，愈发"草食化"，而女性在广泛的选择中长远地规划未来……如此一来，想必年轻女性比从前更容易感到同龄男性"孩子气""靠不住"了吧。

另外，好坏姑且不论，也存在近来女性通过网站和SNS容易与年长男性建立联系，容易实现开篇提及的年龄差恋爱（婚姻）愿望的因素。事实上，本次采访的20多岁女性中，在高中或大学时代便有与大年龄差男性交往经历的人数也多得惊人。

十几岁时的"年龄差恋爱"导致对男性的不信任

绫香（23岁）便是活生生的案例。从事电影相关工作的她，17

岁时在京都某所女子高中读书，有一次兼职时，在活动会场被一名年上男搭讪了。

"不好意思，我对你一见钟情。"

当得知该男性 29 岁，比自己大 12 岁时，"一开始我是有戒备心的"，绫香如是说。

然而下一秒，便在脑海中将他与打工地方的同龄男性做了比较。比起个个靠不住，又不会聊天的同龄男性，年上男以温和的谈吐及无所顾忌的笑容走进了绫香铜墙铁壁般的内心。两人笑点也不谋而合，不知不觉便把邮箱地址告诉了他。

"总之，我们之间谈论的话题丰富又有趣，我还可以打听到一些行业内幕。每次和他见面聊天都会感叹'哇，原来是这样'大开眼界，感觉自己摇身一变成为大人了。"

在旅行社工作的真理惠（25 岁），刚入大学 18 岁那年的春天，在街上同样被搭讪了。对方是一个看似很正派的"眼镜男"，清瘦白净，身穿清一色西服套装。真理惠说，"我以为他是市政府的工作人员"，做梦也没想到他已经 40 多岁了。

当时，之所以会被比自己大 17 岁的男性吸引，大概是因为他"认同"十几岁的自己吧。

"每次约会，他都'努力做好攻略'，事先邮件给我发来 5 家以上的备选店铺链接。他说，'因为我想带你去你最喜欢的店呀'，这让我觉得他很重视我，超级开心"。

然而，人生不如意事十之八九。

前文提到的绫香在最幸福的 18 岁时，偶然间在与年上男友相互"交换日常"的 Mixi 上追溯到男友的过去，发现他爱泡妞。确认了男友搭讪自己的前一天，曾与一名女性朋友或女友同住横滨某家酒店。顺藤摸瓜，不同女性的身影一个个浮出了水面。

实际上，在那一个月以前，绫香第三次约会时便允许了年上男友的身体接触。为何成绩优异的奖学金获得者，朴素、白净又可爱的她却不矜持呢？

"我并没有特别抗拒。而且，如果不早点经历的话，心里也会着急。"

读女校时的5位好友都在高中时代便与年上男发生过"性关系"。她们热闹地讨论着"体验如何"，唯独自己插不上话。中学时代的男朋友甚至都没牵过手。

"我也想确认一下，自己作为女性是否有魅力。"绫香如是说。

另一方面，真理惠同样在18岁时，与上述年上男友在交往的第二个月便"深入交流"。一直以为那么正经的人，却在交流过程中提出各种过分的情趣要求，让她大吃一惊。

"莫非，他是这么会玩的人？"

虽然无意怀疑对方有外遇，但她还是会不知不觉中查起了手机。竟然发现"你是我命中注定的女人""我不会把你让给任何人""我会守护你一辈子"之类的暧昧信息几乎同时被"复制粘贴"给多达12名女性。真理惠收到的信息也别无二致。

"尽管曾与女性朋友开玩笑地说过'我就是复制粘贴女孩嘛'，可事实还是吓得我一身冷汗。"

也难怪，直到那一瞬间发生前，真理惠都坚信男友是"正经专一的人"。在那之后至今，她都不相信男人。

当然，并不是所有年上男友都如上述这般轻薄无行。但是，本次受访的20多岁女性几乎都是与年上男友经历了"性初体验"。其他调查也显示，20多岁女性的性初体验对象44%为"年上男（男友）"，接近半数。虽然44%的男性表示是与"同龄（女友）"初尝禁果，占压倒性多数，但女性大多还是与年上男友经历的第一次。（2013

年/相模橡胶工业）

　　此外，在本次调查中，当被问及"恋爱观发生变化的契机是什么？"，每4名单身女性中便有1人以上（26%）回答"分手"。当被问及"交往的障碍是什么"，每5名单身女性中便有1人以上（22%）回答"过去的（恋爱的）心灵创伤"。单身女性为单身男性2.5倍以上。

　　采访中，还有几名女性也如绫香与真理惠般，在十几岁时便与年上男友发生了性关系，结果发现自己"被骗""被耍"，此后便留下了心灵创伤。也有部分女性走出了旧伤，"当时（十几岁时）的确很受伤，但到了20多岁，意识到'那种骗小女孩的男人禽兽不如'，便释然了"，不过从人数上看此类女性寥寥无几。本次调查与之前日本性教育协会的数据一致显示，如今每4名女性中便有1人在高中毕业以前初尝禁果，与过去相比，因"年轻气盛"而受到伤害的20多岁女性之多似乎不难想象。

　　顺带一提，据脑科学家、武藏野学院大学国际交流系教授泽口俊之介绍，近年美国某项研究发现：**"就女性而言，若大约18岁以前有过性行为，那么高中辍学或不上大学的概率会提高到2倍左右。"**虽然部分女性是因为意外怀孕而别无选择，但这并非全部理由。许多年轻人沉溺于原本应该以建立家庭为前提的性快感之中，失去了正常的判断力。本次采访中，女性悔不当初的声音也不绝于耳。

明明男女平等，为何表白与买单都是"男性"

　　另一方面，20多岁的男性似乎有着不一样的苦恼。

　　名古屋某旅游社任职的正宪（24岁）是家里最小的孩子。他有两个姐姐，父亲是所谓的"工作狂"，身为家庭主妇的母亲和姐姐从他小时候开始便掌管着家里的一切。正宪笑称，他在职场中即使被同期入职的女性同事用强硬的语气告知"要这样做"或者"这个已经决定了"时，也"不会有任何抵触情绪"。

"但是在与女生交往时，她们会说'表白什么的，就是要男生主动啊''决定（约会）地点是男生的职责吧'，为什么啊?! 我不能理解。"

东京某游戏公司非在编社员真矢（24 岁）感叹："两人约会的话，男生请客或多付钱似乎都理所当然的气氛真让人不爽。"

他是在大学三年级的时候与现女友开始交往的。起初他女友是"贤妻良母"型的，看似现如今流行的"**100 分女友**（样貌与行为举止堪称完美，属于女友界的顶级）"。在真矢社团集训时，她为社员们做海苔卷；在学园祭结束时会为大家倒啤酒。朋友们也称她是"模范妻子"的模样。

然而开始交往后，她的态度 180°大转弯。每次约会坐在副驾驶上都只是埋头打游戏，也不管导航指路。非但没有做海苔卷、倒酒这样展示女友力的行动，反而等着真矢给她沏茶、泡咖啡。她一直将"如今男女平等嘛"挂在嘴边。

"按她的说法，全部由我买单也是理所当然。如今即使在同学聚会上，女生也认为应该'男生出 4000 日元（女生出 2000 日元）'，我真是想不通。"

在日本，一年级男女生共同上家事课①之类所谓的男女平等教育，于 1980 年代后半期广泛普及，也就是从团块次代②（如今 39—44 岁）的初高中时开始的。自 1990 年代后半期修订了《（男女雇佣

---

① 日本学校的科目之一。目标是让学生掌握家庭生活所需的知识、技能等。之前以高中女生为对象进行指导，自平成元年（1989 年）起改为男女共学的科目。
② 一般指 1971 年至 1974 年出生的一代。

机会）均等法》（下文简称《均等法》）以来，职场的录用与分配也贯彻了男女平等原则。**因此，对于如今 20 岁到 35 岁左右的年轻人来说，无论在学校还是在工作单位，"男女平等都是理所当然的"。**

以前我对如今 30 岁左右男性（草食系世代）进行采访时，"为什么电影院有女性套餐，却没有男性套餐""这不是反向歧视吗"之类的声音不绝于耳。相反，对于"男人的身价"，几乎所有人都表示"不知道什么意思"。

平时明明高喊男女平等，一到了恋爱、交往时，却突然被要求像个男人，比如"男性应该付钱""男性应该表白"等。正如正宪与真矢所言，这一切看起来"无法理解""让人不爽"，想必他们很容易觉得"不平等"。

Zexy 杂志（瑞可利）首都圈版的主编神本绘里也表示："即使是如今 20 多岁的年轻人，希望由'男性主动'表白和求婚的观念同样根深蒂固。"该公司的"结婚趋势调查"（2014 年）也显示，丈夫求婚的案例占比为 85%。

迄今为止对 20 多岁女性的采访结果也显示出，七至八成女性众口一词，"希望由男性表白""希望男性主动拉近关系"。

然而，现实情况如何呢？某民间调查显示，"有表白经历"的 20 多岁女性占 39%，而男性仅占 33%，比女性低 5% 以上（2014 年/Sirabee 网站）。2010 年，我对明治大学教授诸富祥彦研究会的学生进行采访，意料之中的大多女大学生表示"希望被男生表白"，但现实情况却是大约六成女生主动表白。

当时，我听到最多的是"无论到什么时候，（男朋友）都不会向我表白"和"因为我想弄清楚他到底喜不喜欢我"等。也有人表示，当面对表白畏畏缩缩的同龄男性时，不得不认输投降"啊，真是够了，我来说吧！"

在约会买单方面，年轻一代的理想与现实也存在一定差距。某项对 22 岁到 34 岁女性所进行的调查结果显示，现实情况是"AA 制"居首位（44%）。且不说大多数女性理想中的"买单男友"，就连表示"基本是男友付"的女性也仅占 19%（2014 年/Mynavi woman 网站）。

敝司以前对 200 名二三十岁的单身女性进行调查，显示出更加令人震惊的结果。受访者中超三成、未满 25 岁的受访者（当时）中超四成表示"去情人旅馆的费用也是 AA 制"（2008 年/Infinity）。这令我大吃一惊，连忙召集了 6 名 20 多岁女性对"为何会支付开房费用"等问题进行追加采访：

"因为我不想因为房费什么的欠人情。"

"我倒是想让男朋友全付啊，但他好像没钱。"

"我宁愿从一开始就支付一半的费用，而不是以后被要求'偿还之前的房费'。"

总之，几乎所有女性"理想是男友全额买单"，但由于"现实好像太勉强了""还是自己支付比较好"等被动理由，还是选择了 AA 制。

在别腹①的异性——"性伴侣""床友"之真面目

尽管有些唐突，你听说过"性伴侣""床友"吗？

性伴侣是"发生性关系的朋友"，床友是"陪睡的朋友"的简称。想必许多人听到"性伴侣"一词，脑海中便浮现出"异性关系不检点的男女，为了放纵欢愉而肉体交媾的形象"吧。另一方面，报道中说到床友也多半是"草食系男性与日俱增，即使与女性同睡一张床，他

---

① 日语借词。指另一个胃，即使已经吃饱了，也还能吃自己喜欢的东西。比如，"甜食别腹"，指甜食装在另一个胃里，即吃饱了还可以继续吃甜食。

们也不敢与其发生性关系,克制自己仅陪睡而已"一类的论调。

然而,从本次对 20 多岁年轻人的采访中得知,两者的出现与"男女平等社会"和"男女不平等恋爱"有着密不可分的关系。

我们先来谈谈性伴侣。女性杂志 *an·an* 的调查结果显示(2011年),在存在性关系对象的女性中,每 7 人中便有 1 人(占 14%)表示"该对象(性伴侣)与男朋友(老公)并非同一人"。

本次问卷调查结果也显示出,"在单身年轻人中,40%的男性和43%的女性与交往对象以外的异性有过性经历(包括一夜情)"。 在采访中也发现,尤其是 20 多岁的女性,大约每 3 人中便有 1 人有性伴侣。

令人吃惊的是,表示"有性伴侣"的男女并不是所谓的爱玩之人。相反,他们都是人们印象中朴素、认真,无论是学习还是工作都不偷懒的年轻人。

你与非交往对象(朋友、熟人)有过性经历吗?

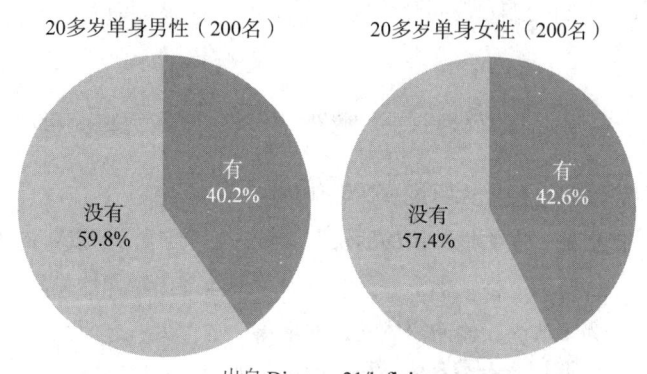

20多岁单身男性(200名)
- 有 40.2%
- 没有 59.8%

20多岁单身女性(200名)
- 有 42.6%
- 没有 57.4%

出自 Discover21/Infinity
《20多岁年轻人恋爱与婚姻的相关调查》2015年

那么,为何他们想要性伴侣呢?

在大阪私立大学读书的美波（21 岁）是一名清秀的女子大学学生。过去 3 年里，她虽然没有男朋友，却有在社团中认识的"可以发生性关系"的男性朋友。

她与该男性朋友碰面的机会每月也就 1 次左右。不过是在学校食堂偶然遇见，或是在社团活动楼大家聚在一起时才会碰面。

"不过我觉得'啊，今天想发生性关系'时，就会叫他来家里。因为他家离我家很近，可以很快到我家，而且我们只是朋友，我可以随心所欲地说我想说的，感觉很轻松。"

在护理用品制造厂工作的纯子（27 岁），直到 1 年前都有性伴侣。对方是她在家乡福冈读高中时的同学，两人在 3 年前的同学会上久别重逢。此后的 2 年里，他们偶尔见面，喝上几杯，一时兴起问到"要去（情人旅馆）吗"，借着酒劲便发生了性关系。

"我们（在身体上）很合得来，更重要的是，我们了解彼此的脾性，不需要装模作样，相处起来很是轻松。如果是男朋友的话，怎么也做不到这样。"纯子如是说。

我从美波与纯子口中听到了同一个词——"轻松"。实际上，背后也暗含着"两人只是朋友，不需要勉强自己像个女人样"的意思。

美波的母亲是私立中学的老师，从小教育她"要体贴周到、彬彬有礼""要像个女人样"。正因为如此，18 岁时初次发生性关系的对象（大学的前辈）说的一句话，像根刺一样至今扎在她心上。

"你声音这么'性感'啊，与外表看起来简直判若两人嘛。"

美波一下子明白过来，无论在发生性关系时生理欲望多么强烈，都应该在恋人面前表现得"像个女人样"。作为女生不应该发出下流的声音，也不应该摆出下流的姿势……

纯子的情况也是如出一辙。父亲是"典型"的九州男儿，要求母亲"应该走在丈夫三步之后",她便是在如此男尊女卑的家庭中长大。就连在恋爱中,她也强烈认为"女性不应该自己主导或是要求什么",与现在的男朋友发生性关系时也不开心。

而正如美波与纯子所说:"**对性伴侣就不用考虑这么多,可以畅所欲言。**"

美波可以对社团中的男性朋友直言不讳地说"今天想要(发生性关系)了"。纯子也笑称,她和前性伴侣(非前男友)"有很多乐趣,相互半开着玩笑想些鬼点子,创造出一些略显猥琐的姿势和玩法"。

但这些"不能同男友说"。作为女性,不能做任何"下流"的事。在真实恋爱中,女人应该像个女人样。

另一方面,"床友"也是反映 20 多岁男性复杂心境的一面镜子。

例如,前文提到的正宪与同公司比他早入职 2 年的前辈亚美是床友关系。亚美是旅行团领队,她一结束大型旅游团的工作回来便会联系正宪"今天去你那好吗?",然后直接拖着行李箱来到他房间。正宪的任务是准备晚餐,亚美则会带去美味的红酒与奶酪。两人分别洗澡,边用餐边喝红酒,饮至微醺时,"差不多该睡啦"。若她时差还没倒过来,会趴在地板上就睡着了。即便如此,正宪还是会躺在她身旁,陪着她睡。有时他们也会拉着手,仅此而已。

我问正宪"没有心动吗?"时,他回答:"说实话,一点也没有。因为她长得也不是我喜欢的类型,真的只是朋友而已。"

他说自己不是不喜欢亚美,她工作的态度也很值得尊敬,但他从始至终没有把她当作女人看。早晨起来后,即使她胸部衬衫敞开着,"我也没有任何感觉",正宪笑着说。

补习班讲师翔太(23 岁)的床友是久美子,半年前两人在工作中相识。事实上,他们都有男女朋友,但翔太说:"如果同女朋友睡觉，我必须小心翼翼，但与久美子在一起，我可以打鼾、说梦话，做任何想做的事。"翔太是容易感到寂寞的一类人，多是他邀请久美子一起睡。

在搬到东京的第4年，当了一年"浪人"（复读生）的翔太考上一所著名的私立大学，但无法适应学校生活，便把自己封闭了起来。大学二年级的夏天，他因为精神疾病而"抑郁"，中途退学。后来进入现在的补习班打工，去年终于签订了年度合同。

父母及周围人都责备他："你进了这么好的大学，为什么要退学呢？"只有补习班职员久美子认可他认真工作的态度，并对他说"退学也挺好"。与久美子成为朋友3个月后，翔太开始与现在的女朋友（大学生）约会。

"我可以向久美子抱怨，也可以说丧气的话，躺在一起睡觉便可以感受到治愈。相反，我现在的女朋友比我小3岁，什么都依赖我，还要花很多钱。尽管她很可爱，但我真的很累。"

正宪也说过类似的话。床友亚美除了"陪睡"以外，对他别无所求。**即使不抱她不称赞她，也不会被苛责，平时无论想做什么都不会被干涉。**加上一起吃饭也都是AA制，不需要花很多钱，他可以按照自己的节奏生活。

家庭主妇愿望与返祖的恋爱观之谜

对年轻人来说，无论是性伴侣还是床友都可谓"恋爱别腹"的异性。

他们对于正餐（真爱的恋人），仍有着"要像个男人""要有女人样"一类的强烈意识，会感到紧绷和疲惫。而与"别腹"的伴侣在一起时，从好的方面来说可以我行我素、男女平等，且不必盛装打扮。总之会更"轻松"吧。

原本应该是，正因为面对真爱的恋人，才可以尽情示弱，可以"拜托"对方用自己觉得舒服的方式发生性关系。然而，现实却是另外一回事。尽管平日我们生活在一个男女平等的社会里，但一旦涉及恋爱，陈旧的价值观念便会冲上头。

"近来，**年轻人的恋爱观**有种'返祖'的感觉。"关西大学谷本教授如是说，"要像个男人""要有女人样"的意识似乎愈演愈烈。

这在数据上同样显而易见。内阁府的调查（2012 年）显示，对于"丈夫应该在外工作，妻子应该守护家人"的观念，30 岁至 59 岁年龄段受访者表示"（总体来说）赞成"的人占比 45%。相对 20 岁至 29 岁年龄段的占比 50% 而言，反而是年轻一代超过了父母一代。顺带一提，年轻一代的赞成比例几乎与 60 岁至 69 岁年龄段相当，的确称得上是"返祖"了。

谷本教授指出，在 1970 年代，恋爱也经常强调"要像个男人""要有女人样"。据说当时的少女漫画中也有独具男子汉气概的可靠男生，以及晚熟又略带可爱的女生登场。没错，《凡尔赛玫瑰》《网球甜心》与《窈窕淑女》便是其中的代表。在那之前，人们强烈地认为"恋爱（特别是性）必须以结婚为前提"。因为婚前性行为不被认可，恋爱、性与婚姻仍然是三位一体的。

但到了 1980 年代，"自由恋爱"得到人们的认可。随着 1990 年代前半期恋爱自由度的进一步提升，人们逐渐开始追求"婚姻"世界中的乐趣与自由。在平等的基础上，夫妻相互尊重、避免摩擦，尽可能地享受生活，而不是一心想着"要像个男人""要有女人样"……出现了所谓的"朋友式夫妇"。

后来，虽然现实恋爱在各种意义上变得越来越"麻烦"，但另一方面，婚姻却在未来充满不确定性的社会中，特别是对女性而言，会产生"结婚了，就能轻松了""美好的生活在等着你"之类续写悠闲梦想的动力。谷本教授将其称为**浪漫婚姻意识形态**，而并非"浪漫爱情意识形态"。

光文社于 1990 年代中期至 2000 年代初创刊的杂志 VERY STORY 中所塑造的女性形象可以说是助推这一现象的原因之一。杂志中出现的多是一些出于爱好而烤制美味面包的白金贵妇①啦、"今天与孩子爸爸（丈夫）在丸之内②约会"啦之类宣扬结婚后仍与丈夫恩爱生活的全职家庭主妇，即所谓的名流太太形象。

若选择结婚，或许会迎来美好的生活。与此相对，若说到工作领域，她们说出的尽是些"黑心企业""打黑工"之类的负面表述。

"结果，在年轻女性当中'婚姻优先于事业''结婚后做家庭主妇'的想法水涨船高，最终转变成'希望某一天有男人可以养我''就算恋爱也要找可靠的男人'。"

谷本教授指出，想必正是因为如今 20 多岁的女性以"结婚（家庭主妇）标准"来考虑恋爱，才会又开始追求 1970 年代般"有男人样儿的男人"。

本次调查结果也显示出，在单身年轻人中，每 3 人便有 1 人表示"恋爱就是为了找结婚对象"。

在现实与昭和式恋爱的幻想之间

2007 年，三得利推出了第三款啤酒"金麦"。在其广告中，女演员檀丽一直扮演着"啊，好烫""哎呀，失败啦"那种呆萌可爱的家

---

① 在东京白金台地区出生，受过高等教育，嫁给高收入的先生后，过着令人羡慕的优越生活的美女贵妇。
② 位于日本首都东京市中心，千代田区皇居外苑与东京车站之间。按北京人的说法，即正儿八经的"皇城根儿"。

庭主妇角色（截至2015年夏天）。

实际上，2010年，我在调查年龄差恋爱做街头采访时发现，这样的家庭主妇形象在各个年龄段的男性中均人气爆棚。我称其为"金麦女"。

虽然大多女性都认为金麦女"令人恶心"，但这一现象受到了男性的一致好评，说她们"可爱""（总是在等老公回家）值得表扬"。当时的20多岁男性也不例外，纷纷表示"希望未来的妻子也能像这样做好饭等着他们回家"。

不过，通常他们还会接着说，"可是我没有那种（养活妻儿）能力""所以，还是让老婆工作吧"。

前文提到"单身女性中每3人便有1人希望做家庭主妇"的调查（2013年/厚生劳动省）结果也显示出，现实中仅有五分之一的单身男性希望未来妻子是"全职家庭主妇"。

相应地，女性也略微感知到残酷的现实。在面向二三十岁未婚女性的"结婚、生子后是否想成为家庭主妇"调查中，半数以上女性回答"想"。当被问及"你认为能否实现"时，约七成女性表示"认为不能"。不仅如此，关于"如果未来的丈夫希望你工作"，77%的女性表示"会果断地去工作"（2010年/I-Share公司）。

年轻人早已了然于心。婚姻也好，恋爱也罢，无论他们对昭和时代的"像个男人""有女人样"，抑或是优雅的全职家庭主妇形象有多么渴望，就自身而言都力不能及。

可是，若全盘否定，便没有出路，甚至连梦也没得做了。想必正因为如此，他们才会在"男女理应平等"的现代，仍固执地坚持着恋爱与婚姻中的"男女不平等（像个男子、有女人样）"，才会漠然地追求着留有昭和印记的金麦女，矛盾重重的性伴侣、床友，以及"男女不平等的恋爱"吧。

在这样的情况下，部分原本偏现实的女性迫于"生育年龄的限制"，尽管多少有些勇气，也还是开始转向了年龄差恋爱及"以结婚为目的的恋爱"。究其原因，似乎她们认为只有如此才勉强可以实现"有女人样的优雅主妇形象"。

然而，多数年轻人至今仍徘徊在时代的夹缝中。"有男（女）人样是什么样？"……年轻不恋爱的根源，或许便存在于这样一个**一方面高呼着"男女平等"，另一方面在恋爱中却依然要求"男女不平等"的矛盾百出的社会里**。

恋爱革命 阻碍年轻人恋爱的主要原因③
超恋父母族的出现与恋爱热情的抑制

——为何无法让孩子独立的父母与日俱增?

近来,有关"亲子亲密"的报道层出不穷。从年龄段来说,主要涉及目前二三十岁的子辈与 45 岁以上的父母,也就是被我称为"**恋父母族**"的年轻人与他们的父辈。

2004 年秋天,敝司与积水住宅公司共同成立"未来家庭研究协会",对住宅开发与母女 400 人的亲子关系进行研究,随后又深入开展了母子、父女等家庭研究。

从研究结果来看,首先可以明确的是"如今 20 多岁的年轻人与其父母(年龄大多在 45 岁左右至 60 岁未满)之间的关系,相较于上一辈而言融洽得多。岂止恋父母,说他们"超恋父母"也无可非议。特别是在宽松世代(如今 19 岁至 28 岁)与其父母(多半为泡沫世代)的关系中,该倾向尤其显著。

下面我们来谈谈恋爱革命的原因之三"**超恋父母族的出现与恋爱热情的抑制**"吧。

首先来看国立大学医学部女大学生艾米莉(22 岁)的案例。

初高中均就读于日本著名的私立"大小姐学校"的她也有过虽然不甚满意却也说得过去的恋爱经历。但自艾米莉高二开始,身为私人医生的父亲便给她施压"必须考进医学部"。于是，去补习班、图书馆取代了约会成为她的日常。如果没有母亲"走自己想走的路就好啦"之类温暖的鼓励，"或许我已经抑郁了"，艾米莉苦笑着如是说。

应试学习虽然痛苦，但比恋爱有成就感多了。毕竟如今交往的比她年长 7 岁多的男友是连表白都在 LINE 上发消息草草了事的类型。表白过程不过是男方以"你不讨厌我吧"开场，艾米莉回答"还行吧"，男方便回复"那我们就算在一起啦"。

过于索然无味，且没有任何成就感，交往就这样开始了。

第一次发生性关系也是如出一辙，"因为不排斥，就这么发生了"。

尽管交往才半年，艾米莉已经开始渐渐觉得与男友约会很麻烦了。反倒是周末与妈妈来场"约会"，一起购物或者去沙龙（美容院、美甲等）更能让她心满意足。"比起男友在身旁，看到可爱的连衣裙或者包包时，与妈妈一起欢呼'真可爱！'的时刻更让我心动。"艾米莉笑着如是说。

另一方面，中坚贸易公司职员青木（26 岁）表示"讨厌那些不能与家里人，特别是与母亲沟通的人"。青木虽然不是大众审美中的帅哥，但也外形清爽、为人耿直。

这 5 年间，他并没有固定的交往对象。尽管高中毕业以前迫切地"想找个女朋友，谈场恋爱"，但"最近，已经觉得没有这个必要了"。

青木虽然没有女朋友，但有两个可以约会或者发生性关系的女性友人。他会在一起吃饭时稍微多付些钱以表诚意，不过相处伊始便向对方表明了"我不会与你交往"。

当我问"为什么"时，他茫然若失。

"因为交往的话，她们肯定不是我父母喜欢的类型啊。"

青木的母亲是会在意女孩世俗外表与"是否是正经人"的类型。

若不是父母与亲戚眼中标准的"正经女孩",便不在他认真交往及结婚的考虑范围之内。

父母与亲戚们在休息日也会聚在一起,经常在露台上烧烤。青木希望未来的女友能在那种场合端庄地问候大家,也能与母亲情投意合,相谈甚欢。

"没有什么比母亲说'这女孩不错'更让人高兴的事了。我挺想博父母一笑的。"

青木还表示,希望未来的另一半能与他持有"共识"。

无论母女间还是母子间,都有"约会"的感觉

比起恋爱,年轻一代认为"与父母在一起更快乐"。环顾我们四周,极其亲密的亲子关系与恋父母族也日渐成为常态。

先来看母女之间。近来,许多数据显示出母女间如胶似漆的状态。2013 年,瑞可利公司将关系如此亲密的母女称为**"妈跟族"**,意指在女儿出门时想"妈妈也去"的母亲,或是邀约母亲"妈妈也去吧"的女儿。

同年,日本在线教育龙头企业 U-CAN 发布的调查结果显示,在与母亲一起居住的单身女性(25—35 岁)中,"休息日会与母亲一起度过"的占四成以上。相较于"与朋友一起"的 17% 和"与恋人一起"的 11%,"与母亲一起"的人数可谓十分庞大。

那么,为何比起朋友与恋人,年轻人更愿意"与妈妈一起"呢?

位居理由榜第一位(超过八成)的是"想说什么就说什么,很轻松"。位列第二的才是"能够获得金钱补助"(48%),与第三位的"想让妈妈开心"(46%),比例几乎不相上下。

正如前文青木所说的那样,如今 20 多岁的年轻人,无论男女,在休息日都会尽孝行,"想让父母开心",或者说有服务意识,想与妈

休息日的度过方式
（25—35岁的单身女性500名）

	(%)
与母亲在家度过	30.2
与母亲一起出门	12.2
与朋友一起出门	17.4
与恋人一起出门	11.0
与兄弟姐妹在家度过	5.8

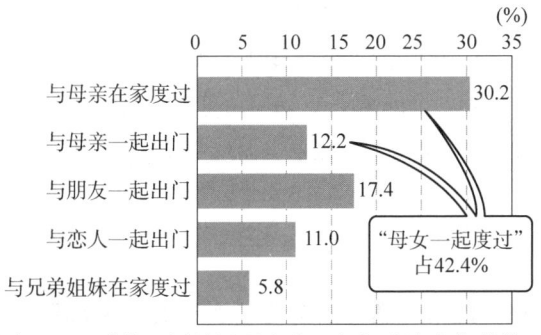

"母女一起度过"占42.4%

出自U-CAN《关于女性的生活方式以及对于新兴事物/技艺挑战意愿的约会调查》2013年

妈一起过周末的"妈跟族"也比比皆是。

另外，艾米莉所提到的"与妈妈约会"，在对20多岁女性的采访中同样屡次被提及。在敝司与经济杂志《日本经济消费观察者》编辑部的联合调查（2012年）中，也有多达三成的20多岁的女性受访者将与妈妈一起出门称作"约会"。

尽管40多岁的我们对此略感违和，但年轻一代却认为前文所述的与恋人约会实在没什么了不起。同样是约会的话，倒不如"与妈妈一起更轻松，还舍得给我多花钱"。

那么，母子的情况如何呢？日本经济产业地域研究所面向"过去一年中母子（儿子是高中生以上）二人一同外出"的母子（600人）进行调查（2014年），结果显示，八成以上的母子自认彼此"关系好"。"曾经有过两人单独出游经历"的人数也超过一成。

2004年，敝司与积水住宅公司联合开展家庭研究时，世人对母女间的亲密状态已经相当熟悉。想必是与不久前的1990年代后半期以来，关系亲密的母女一直被形容成"孪生母女"有关。

不谈恋爱的年轻人

然而，母子间的亲密状态似乎是在近 10 年间才渐渐呈现出明显趋势的。在我着手研究草食系男子的第二年（2007 年），O-Net 公司对刚迈入成年人行列的年轻人①展开了调查。其中在关于"感到不安时，会与谁商量？"的问题上，回答"母亲"的占比高达 36％，位列第二，即每 3 人中便有 1 人以上会向母亲寻求帮助。而回答与交往对象商量的甚至不足一成。

过于通情达理的父辈与经济萧条下的家庭回归

为何即使超过 20 岁，与父母关系亲密的"恋父母族"仍然只增不减呢？理由三点如下：

其一，心态年轻又通情达理的父母增多。尤其自战后出生的团块世代（如今 64—69 岁）晋升为父母后，即使孩子未婚未恋，也很少会施加"难道就没个合适的人吗""还不结婚吗"诸如此类的压力。父母们的心态与处事风格愈发年轻化，比如像艾米莉那样，母女俩能够兴高采烈地一起欢呼"好可爱啊"。

其二，数码产品的发展。此前采访的 WEB ACROSS（巴而可公司）主编高野公三子指出，当时的 20 多岁的年轻人（如今 30 岁左右）"无论男女，自幼便是家里的小偶像"。因为从孩提时代起，家用摄像机与数码相机已经在普通家庭中普及，"当父母将镜头对准他们时，他们会如偶像般摆出各种各样的姿势"。

他们深知父母与社会"对自己抱有何种期待"，并习惯大方地给予回应（如面对数码相机等）。当然，如今 20 多岁的年轻人更是有过之而无不及。

---

① 2018 年 3 月，日本政府内阁会议通过《民法修正案》，将法定成年年龄从 20 岁下调至 18 岁。展开该调查时，日本的法定成年年龄为 20 岁。

例如，"加班晚归时，会预先在 LINE 上将新出的表情包'连环炮'似的发给妈妈以表歉意：'抱歉啦！或许不能一起吃晚饭了。'""因为母亲与我短裤尺码相同，她在优衣库等店试穿时会发来照片，'诶，给你来一条吧'"等等便是如今年轻人与父母间亲密关系的真实写照。

在本次调查中，问及"为换取爱情可以失去什么"时，选择"与父母、亲戚间的亲情关系"的单身年轻人不足 10%，与选择"同性友人"的人数比率几乎相同，毫无疑问，那是他们最不愿失去的东西（之一）。

其三，想必是泡沫经济的崩坏，以及由此而导致爸爸们的"家庭回归"吧。

正如"前言"中所提到的，如今 20 多岁的年轻人，从他们记事起，只见过泡沫经济崩坏后每况愈下的日本。对他们来说，父母是仅有的不会背叛自己的大人，可谓"最后的堡垒"。我在 2006 年至 2008 年间对 100 名草食系男子进行的采访中，也存在高达 74% 的人表示，记得孩提时代（1990 年代中期到后半期）父母曾说过如下的话：

"今后，国家和公司都不会保护你了啊。"

"所以你要好好攒钱"或者"要好好对待你的父母和朋友"。

因此，年轻人对供他们上学的父母感到"不胜感激""不愧是父亲啊"，对他们充满了敬意。多数人完全信任父母，"妈妈懂我""即使在如此世风下，父母也绝不会背叛我"。想必正是因为他们经历过经济急剧下滑的困难时期，才能体会到父母的可贵吧。

泡沫经济崩坏后，爸爸们的工作方式也逐渐发生了转变。当时（1988 年），"你能 24 小时持续作战吗？"的广告词（原三共公司）家喻户晓，一度成为泡沫经济时期的流行语。30 多岁的男演员时任三郎在广告中表现得相当出彩，成功演绎一名喝了该公司的营养饮料Regain后，如宣传语般彻夜工作的男性形象——名副其实的"企业战士"。

大约在同一时期（1986年），家庭主妇间流行的"**只要老公好好挣钱，不在家也没关系**"被用于防虫剂"GON"（日本除虫菊公司）的广告宣传语。意思是，丈夫在外面为家里挣钱就好，笨手笨脚的，不在家对妻子来说反而更轻松、更有利。

从以上两句广告词可以看出，泡沫经济时期，丈夫是在外拼命工作的"战士"，极少分担家务。博报堂生活研究所的一项长期调查也显示，1988年时，表示"男性同样应该分担家务"的丈夫仅占38%，连四成都达不到。

然而，泡沫经济崩坏后的1998年，正逢如今20多岁年轻人的童年时代，该比例竟增至六成左右。全职奶爸热潮平息后的2013年，赞成"分担派"的丈夫达到八成。泡沫经济时期以来，愿意分担家务的丈夫占比涨势迅猛。

当然，想必也有持"男女平等"意识的男性已经到了为人夫年纪的因素。而爸爸们越来越意识到"家庭比什么都重要"，因而逐渐回归家庭所产生的影响亦不容忽视。特别是2011年3月东日本大地震发生后，强烈感受到"**家庭纽带**"的男女急剧增加。政府也开始提倡无加班日，以平衡民众工作与生活的关系，与泡沫经济时期大相径庭。

随着爸爸们在节假日与下班后将更多的精力分给家庭，包含父亲在内的家庭亲密关系自然有所提升。如今，像动漫《巨人之星》中的星一彻般，怒斥孩子、掀翻餐桌或对孩子居高临下讲话的父亲，已然成为历史。正因如此，今天的儿女们会异口同声地说"喜欢像朋友一样的父亲"。

在某项调查中，超七成的 20 多岁的单身白领表示"总体而言还是喜欢父亲"。关于理想的婚姻伴侣，"爸爸"压倒性地胜过"现任男友"，荣登榜首（2015 年/可尔必思公司）。男性的想法也几乎无差。O-Net 的某项调查结果（2015 年）同样显示出，"信任"与"尊重"父母的男女（20 岁）占比均高达 75％左右。

但"我不愿过父母般的婚姻生活！"

然而，现实与想象之间的确有些差距。

想象中，如果与信赖、尊重的父母朝夕相处，想必会憧憬"拥有爸爸妈妈那样的爱情""成为他们那样的夫妻"吧。然而令人遗憾的是，现实并非如此。

例如，O-Net 的同一项调查显示，仅有四成年轻人（20 岁）表示"目睹父母的婚姻后，觉得结婚真好""想成为像父母那样的夫妻"。不知为何，亲爱的爸爸妈妈中六成并没能成为其子女的榜样。

关于其理由，立命馆大学产业社会学系副教授、研讨会型"恋爱咖啡馆"的主办者斋藤真绪表示："在现实社会中，我们 40 多岁这一代人和上一代人（50 岁以上）生活的时代，绝对不能称为'男女对等（平等）'。即使亲子关系亲密，'男女'（性别）的关系方面也与父母时代的情况大相径庭。"

斋藤真绪主办的"恋爱咖啡馆"是由该学院学生组织运营的一个"恋爱模拟项目"参与式研讨会。该项目始于 2006 年，当时京都府承接了内阁府发起的"预防针对女性暴力的教育研究事业"项目，并将其委托给斋藤真绪。

参与式"恋爱咖啡馆"也成为学生们重新审视自身恋爱观与男女关系的场所。比如，在考虑"平等的人际关系"时，他们会分别以自身"约会的开销"（AA 制一类男女均衡的方式）与其"父母"作为指标。

"许多年轻人在观察父母是否'相敬如宾''平等交流'时,极大程度上感受到了男女(父母)间的权力与经济差距。"

相比之下,20多岁这一代人所生活的时代,是政府鼓励女性大显身手,企业与社会也开始将构建"男女平等"的人际关系纳入评价体系的时代。像前文所提及的恋爱关系般,他们也正在摸索何为真正"平等"的夫妻关系。

的确,"男女平等"(对等)观点自1989年教学大纲修订以后走进校园。首批在教育一线切实感受到平等的是如今40岁左右的团块世代,而如今20多岁年轻人的父母一辈(主要为泡沫世代)当时即将从初高中毕业。

职场与家庭亦是如此。在日本,女性的短期大学升学率与四年制大学升学率的逆转(即女性高学历化)出现于1996年。双职工家庭与全职主妇家庭数量的明确逆转以及《男女雇佣机会均等法》的修订也是自泡沫经济崩坏以后的1990年代后半期相继出现(2011年/厚生劳动省)。

没错,与恋爱革命相同,**女性的职场革命也发生于1990年代中期至2000年代以后。**

与此相对,如今20多岁年轻人的父母一代,多数结婚生子是在1980年代后半期至1990年代后半期。在职场革命发生以前,大约七成女性(母亲)在职场中遭遇过"怎么还不辞职"之类的劝退,随着结婚、生子,选择离职成为全职家庭主妇(2012年/国土交通省)。当时25—34岁女性(父母一代)的就业率在1985年大约占五成,1995年超过五六成,依旧很低,可见多数妻子处于被丈夫"供养"的状态(2014年/总务省)。

正因为如此,一些年轻人支持"三岁儿神话"理论,认为"母亲最好在孩子小的时候(3岁之前)守着家,专心相夫教子"。想必前文所提及的 20 多岁女性的全职家庭主妇愿望，原因之一便是她们"想要成为妈妈那样的母亲"吧。

企业战士的父亲是"反面教材"

那么，20 多岁的年轻人既然如此尊敬父母，为何不向往"父母般的恋爱及婚姻"呢？

或许你已经注意到了，**大部分问题在于他们的"父亲"**。

就职于 IT 公司的俊夫（24 岁）笑着说："我老爸说的每句话都合理，超酷的。"做维修飞机的工作时也"超级尽责"。不过，"我不会成为那样的（工蜂），也不想那样"。

父亲在关键时刻总是对母亲居高临下。这并不是说他们关系不好，但总觉得他把母亲"当傻子"。有一次，母亲说她"想出去做兼职"，父亲却大骂着"你能做什么啊！"将屋子里的东西全都扔了出去。

"我也是一和女朋友吵架，便想居高临下地说出些失礼的话。下一个瞬间，又意识到'完了，像我爸一样了''都什么时代了还这样，简直不可思议'。有些泄气，讨厌那样的自己。"俊夫如是说。

派遣员工美优（25 岁）穿着一件白色碎花连衣裙，说是爸爸买给她的。从小到大，只要是她"想要"的东西，无论是玩具还是衣服，父亲统统都会买给她。"但我从没有过与家人一起旅行的回忆。"美优如是说。

自美优出生以来，父亲便对子女教育不管不问，即使周末也要忙于打商务高尔夫或者（住房）展览会的工作。一年中陪伴美优的时光不过是几次在家附近的购物中心问她"想要什么"，期间还时不时打几个工作电话。

"爸爸明明是与妈妈经历过一段轰轰烈烈的恋爱后才结婚的,却从来没有在纪念日给妈妈买过礼物,真是个冷酷的丈夫。原来热恋只有3年保质期是真的啊。"

俊夫与美优的父亲都是典型的企业战士,与家庭主夫和全职奶爸相差甚远。

顺带一提,美优所说的"热恋的3年保质期"是源于美国人类学家海伦·费舍尔(Helen Fisher)的研究。在2009年的《NHK特别节目》(NHK综合频道)及我出演的《是真的吗?!TV》(富士电视台)中都曾多次介绍该说法,想必知名度很高。在30余名20多岁的受访者中,甚至有多达8人提到这一说法。

实际上,我也曾采访过费舍尔女士。当时,她公开发表了如下观点:

> 人类之所以抱有恋爱的感觉,说到底是因为遗传基因决定了人类已进化至"传宗接代(孕育生命)"的阶段。为了向后代传递更多的基因,男性在生养告一段落后离开妻子,重新与其他女性相爱,孕育新的生命……因此,人类本能地在交往3年后结束热恋。

"别说3年了,我爸的热恋似乎只持续了1年半。"

此话出自前文中提到的绫香(23岁)。她自幼目睹父亲因工作压力屡次出轨,苦恼着"自己身上也流淌着相同的血液""自己不适合恋爱和婚姻"。

绫香上大学时从京都搬到了东京。从那时起,她便离开母亲身边,时常与住在横滨的父亲一起在外面吃饭。见了面,他们会聊聊工作,偶尔父亲还会开车送她回家。"不过,爸爸是反面教材。"

绫香的母亲是一名全职主妇，尽管亲戚强烈反对，还是在经历了一段轰轰烈烈的爱情之后嫁给了她的父亲。然而结婚才1年，她便发现了丈夫的出轨。绫香年幼时，有一次无意间看到了父亲情人写给父亲的情书，心想着绝不能让母亲看见，便用打火机烧毁后扔掉了。

　　即使现在，父亲也有三四个情人。他只在工作忙的时候才会出轨，大概是因为压力过大吧。但绫香对父亲恨不起来，因为父女二人如出一辙，都是容易坠入爱河的类型。

　　只是一想到与父亲流着相同的血液，绫香便恐惧认真地去谈恋爱，迄今为止，她已经交往过6名男性，但在一起时间超过1年的只有17岁时交往的年上男。其他人都不过一两个月，无法长久。绫香表示："我和父亲很像，在恋爱中一无是处。""自从谈了第7任男友之后，我甚至已经不想数是第几任了。"

　　身为泡沫时代战士的父亲无论与子女相处得多么融洽，都很难成为他们的榜样。父亲通常对自己的孩子很温柔，但对妻子却傲慢无礼、不屑一顾。这与现代男女所追求的"幸福家庭"大相径庭。因此，他们为不懂得"所谓真正的恋爱与婚姻到底是什么"而感到不安。

　　"究竟何时自己才能拥有一段不同于父母般的'正确的恋爱'。对此，我一点信心也没有。"艾米莉如是说。

"勇者斗恶龙型"恋爱的父辈与"精灵宝可梦型"的子女

　　兵库教育大学学校教育研究专业的助理教员永田夏用游戏来形容父辈与子女的恋爱差异，"父辈是'勇者斗恶龙'型"，而如今年轻人是"'精灵宝可梦'型"。

　　正如永田夏所说，父辈的"勇者斗恶龙型"恋爱模式是闯关开始时志同道合的伙伴共同组"队",随着经验值的提升,击败最后关卡的"终极魔王"(最终的敌人,胜利前的最后一道壁垒)。换言之,即与最初选定的"这个人"组成"一队",共同朝着结婚、生子(性关系)、育儿的目标迈进。然后,与此人白头偕老、共度余生(即拿下"终极魔王")。因此,从该意义上来说,最初的队伍设定至关重要。

然而,如今的年轻人即便恋爱也不愿意在早期阶段就只吊在一棵树("这个人")上。永田夏指出,"因为他们想手中尽可能地多留牌"。**他们随着情况的需要更换并肩作战的同伴,与"精灵宝可梦"的游戏规则如出一辙。**

为何不选定队友,而是想要多留牌呢?

"因为他们目睹了终身雇佣制度的崩坏及迷失一代①的境遇,不仅见证了恋爱方面的混乱,还有社会、经济领域的动荡。他们深知,无论构建多么融洽的关系都会被轻易颠覆。"(永田夏)因此,可以说无论是恋爱还是人际交往,如今的年轻人已经形成了随时更换手牌、寻求更好选择的思维方式。

果然一针见血。如此说来,如今 20 多岁的年轻人无论是在现实生活中还是在虚拟世界(SNS)中,都倾向于按照朋友的擅长领域将其"分门别类"。

比如,当被问及"你有几个好朋友"时,他们通常会回答"50个""60个"。起初,我还在心里暗暗吐槽"那不叫好朋友,只是普通朋友吧",没过多久便意识到,他们即使交朋友,也不会从一开始就在多玩家模式中选择固定的"这个人"与之同行。他们的人际关系"面广交浅"。

另一个原因恐怕是为了避免深入交往而陷入"危险"境地,比如

---

① 指经济泡沫崩溃后的就业困难时期,刚毕业的那一代人中,打工者、派遣劳动者、宅在家的人的总称。

后文中将提及的跟踪狂等。尤其是在利用 SNS 便可以拓宽人脉的时代里，比起依赖一个涉猎广泛的玩家，分别结交几名深谙某道的半专业玩家以及稍微称得上某条战线上的内行玩家，才更容易获取各条战线的通关秘籍。

现实世界中也是如此。如今的年轻人会根据自己的目的更换相处的异性，例如"看电影和 A 一起""购物跟 B 去"等。在"勇者斗恶龙"型的父辈看来，"孩子还是早点选定一个人交往才好"。然而子女们不想选定，也定不下来。"精灵宝可梦"式的交往模式，毫无疑问也是使年轻人远离恋爱的原因之一。

子辈无法独立的"亲子求职"实态

近年来，20 岁以上的年轻人重申他们"与父母间的纽带关系"，或许是如今严峻的"求职"形势所致。

听说过"亲确"吗？该词自 2014 年秋季一跃成为热门流行语，字面意思为"向父母确认（子女内定①的工作机会）"，指想录用某学生的企业预先向其家长确认、落实，以避免他们在最后一刻突然爽约。

2014 年，NHK 综合频道新闻节目《早安日本》也谈及该问题，报道了在卖方市场（应聘者供不应求）的就业形势下，为防止应聘者辞退内定，以中小型企业为中心，采取"亲确"方式的企业与日俱增（2014 年 10 月 4 日播出）。

在节目中，一名学生收到了东京某风险投资公司的内定。该公司

---

① 日本就职内定相当于企业的录用预定通知，是指劳动者与企业就雇佣合同达成一致的状态，具备法律效应。企业不可以无故解除内定，而劳动者辞退内定被认为是日本宪法规定的职业选择自由。企业会在各大高校举办说明会，提前录用即将毕业的应届大学生。通常有了内定职员后，企业的社会招聘会减少。

社长为取得"亲确",直接与其父母通话。画面中的学生也流露出安心的表情:"父母一直担心这家公司是黑心企业,社长能直接与我父母联系真是太好啦。"

某项调查结果显示,在求职过程中,"直接与学生家长联系确认录用意愿"的公司占 16％。而在员工 1000 人以上规模的公司中,占比高达 23％,即每 4 家公司中便有 1 家采取"亲确"的方式(2013年/DISCO)。

若在过去,求职的子女们定会觉得"太难为情了,妈妈(爸爸)千万别打电话",对此十分排斥。父辈们也一样,即使是通过自己的门路将孩子送进公司,也不会直接与公司的人事部门联系……那么,究竟为何会变成如今的情形呢?

在上述《早安日本》节目中,法政大学职业规划系教授儿美川孝一郎对现代"亲子求职"的原因分析如下:

> 因为如今的父母自孩子小时候起便参与他们的生活。从是否参加有名的幼儿园和小学的入学考试,到是否参加私立初中的入学考试,再到之后的高中和大学入学考试,全部都有他们的身影。因而对父母而言,唯独不参与就业实在有些不适应。

确实,如今 20 多岁年轻人的父辈不少都是从激烈的应试竞争中拼杀出来的。他们童年时就有了赫赫有名的补习班,多数人从小学或者初中开始便为提高成绩一路披荆斩棘。当他们晋升为父母时,反省着"年轻时若是能再多学些就好了",希望"孩子能比自己获取更高的学历",自然会更加热衷于教育。

近来,超六成的母亲参加孩子的大学入学典礼(2012 年/倍乐生教育研究开发中心),不仅是父母,连祖父母也蜂拥而至。在庆应等部分大学中，希望参加孩子入学典礼的家长人数远超学生人数本身，有时甚至需要发号码牌以限制入场人数。

为何家长们要如此大费周章地去参加入学典礼呢？

"迄今为止我一直与孩子并肩为考试而战。今天对我而言，也是一场育儿的毕业典礼。"出席典礼的母亲们如是说。

然而，2008年秋季雷曼危机以后，父母们甚至在孩子大学入学后仍无法"毕业"。究其原因则是就业形势已变得愈发严峻。

这或许不只是巧合。事实上，某项调查结果显示，在雷曼危机之前（2008年春）及之后的12年间，父母与年轻人（大学一至四年级的学生）之间的亲密程度有所提高。2008年，四成的大学生表示"经常听从父母的建议和意见""当遇到困难时，父母会给予帮助"。而12年后，以上选项分别增加了6%到7%，占比已达约五成（2013年/倍乐生教育研究开发中心）。

子女们的心声也是"依然想依赖父母"。在另一项调查中，当问及选择向谁征求就职意见时，排在首位的同样是"家人（或亲戚）"（63%）。近年来，多数大学为确保学生就业，在求职指导方面尽心竭力。但即便如此，也仅有大约四成的学生向"大学教员"或"朋友"咨询，远低于与父母沟通的比率（2014年/日经就职导航等）。

高中生、大学生仍与母亲共浴？！儿子的真实想法是……？

"我理解父母的心情。但子女们难道不讨厌父母总是干涉自己的生活吗？"

想必也会有人抱有同样的想法。在昭和时代，许多年轻人在升入初高中时便疏远他们的父母，走在一起也会感到"尴尬"。他们中的大多数即使嘴上不骂"臭老太婆"，也会动不动就对父母感到"厌烦"。

然而，正如前文所述，如今 20 多岁的这一代人是超恋父母族。近来，年轻人越来越热衷于考公务员。几天前还有 5 名早稻田大学的学生异口同声地表示"想成为公务员"。当被问及"为什么"时，答案无一例外："因为父母说公务员有保障，又容易找结婚对象。"

不仅如此，过了青春期，还未曾经历"叛逆期"的年轻人与日俱增。法政大学尾木教授表示："叛逆期在人类成长为独当一面的成年人的过程中意义重大。"他也谈到了近年来备受关注的"亲子共浴"话题。

"最近，我经常听说上了高中、大学的学生仍然与异性父母共浴。我认为，这种关系已然超越了'亲密'的概念。"

事实上，6 年前，我从一名商业杂志记者那里也听到过类似的话题。他到一所著名私立男子中学二年级的班级内进行采访，目睹了惊人一幕。

在初二的班级中，（埋着头）举手"回答"仍"与母亲一起泡澡"的学生接近半数。 在场的校长面露难色，强迫记者："如果你要报道这些，请将学校匿名处理。"

当时上初二的那群孩子，正是如今 20 岁左右的年轻一代吧。

采访中类似的声音相继出现。母亲们表示何止初中，即使儿子已经上了高中、大学，也仍然与她们一起泡澡、同床共眠。

她们几乎都是笑容满面地说："我儿子还离不开父母呢。"脸上从未出现过片刻的不悦。"啊？"我不禁诧异。"也没什么特别的理由。一起洗的话，既省时间，又节能（电费和煤气费）。""很奇怪吗？不过只是无意中错过了表达'不要一起洗啦'的时机吧。"还有母亲表示："这没什么大不了的吧，我们是母子啊。"妈妈们开诚布公地侃侃而谈。

那么，正值青春期的儿子们的想法如何呢？当看到母亲的裸体时，也觉得没什么吗？我曾采访过几名初高中男生，得到了如下回答。

"可是，如果我说'就不进去泡了'之类的话，母亲会失落的。"

"那似乎是在拒绝母亲特意给我的爱，很难开口说不。"

我大为震惊。也正是那时，我听闻精神科医生斋藤环博士指出："如今的年轻人并不依赖父母。看似对父母的依赖，其实是出于对他们的关心。"

我想起一件事。2007年，男士香氛喷雾"AXE（凌仕）"（日本联合利华）在日本发售。

在当初发售时的宣传广告中，一名男性在海边往身上喷AXE香水，身着泳装的女性们被其魅力所吸引，蜂拥而至，"拥抱我吧"的渴望几乎呼之欲出。然而，该广告的目标受众（主要是20多岁的年轻人）清一色地发表评论如下：

"播那样的广告，要是被父母看到会很尴尬，我不会买。"

"如果母亲（在我房间里）看到那种广告，会误以为我在想色情（性）的东西，一定很伤心。"

所有声音都源自对父母的关心。想必与前文提到的有关他们对共浴的想法从根本上是一致的。后来，AXE开始关注年轻人的心理，一改"迷香型"的主打，推出了不会被女性讨厌的"淡香型"。

对母亲的过度考虑，会抑制儿女的恋爱热情

尾木教授指出："如此过度地为母亲考虑，最终可能成为抑制儿子'男性化'发育的重要因素之一。"故而，在孩子小学毕业的节点上宣布"结束亲子共浴"不失为一个明智的选择。

"前言"中也曾提到过，男性初次射精的年龄逐年推迟。自1981年以后，女性月经初潮的年龄几乎没有变化，而男性"在初中时经历

初次射精的比率"已经从 1999 年时的 53％降至 2011 年时的 36％。

正如前文所述，男高中生的性经历占比在"全职主妇"母亲的家庭中同样一落千丈，由 2005 年时的 23％骤降至 2011 年时的 8％，6 年内竟锐减了三分之二。基于该状况，AERA[①]（朝日新闻社）在 2014 年春季（4 月 14 日号）特辑上，描述了进入青春期后仍与母亲共浴的男生，以及竭力抑制儿子性趣的"应试妈妈"形象。

从旁观者角度来看，或许会对如此亲密的母子关系感到奇怪，不禁要问"为什么"。而我做不到冷眼旁观，因为我有一个即将步入青春期的弟弟。

说来算是个人隐私，我与弟弟是同父异母的姐弟。父亲 50 岁时与我的生母离婚，60 岁时与比他小 24 岁的女人生下了弟弟。弟弟（初中二年级）与他母亲的关系仍然非常亲密，我时不时便能瞧见他关心他母亲的模样。

为何会这样？我的父亲年过花甲，即使退休后对家务及养育子女也依然漠不关心。不仅如此，若他如今的妻子要加班，他甚至会打电话到办公室质问她："怎么还不回家？！"完全是一副昭和时代"居高临下的丈夫"模样。

尽管实际情况并没有那么糟糕，但如果儿子看到一个"可怜的妈妈""被孤立的妈妈"，或者在父亲完全是甩手掌柜的情况下，"只为我而活"的全职家庭主妇妈妈，他会作何感想？想必自然会认为"必须保护妈妈"，"如果离开妈妈，她好可怜"。

兵库教育大学助理教员永田夏也表示："近年来母子间亲密关系是父亲'丝毫不参与（家务与育儿）'的产物"。

[①] 日本发行量最大的正统时事新闻周刊。创刊于 1988 年，由朝日新闻社出版发行，被誉为日本的《时代》周刊。

对于性的排斥同样如此。母亲们很难对儿子进行性层面的教育。她们倾向于将性负面化，比如，为避免意外怀孕而叮嘱儿子"不要发生性关系"等。因此，儿子容易将无关生育的性行为视作"不洁"。

原本应该是父亲或代替父亲的人与孩子进行男人间的对话。"如今的性教育却几乎被全权托付给了家庭。即便如此，现实生活中父亲经常缺席儿子教育的家庭仍不在少数。"永田夏如是说。

敝司对亲子的长期研究结果也显示出，越是父亲因工作繁忙等原因长期不在家，母亲作为全职主妇的家庭，母子间便越容易形成亲密关系。原因是，对于母亲来说，很难找到除孩子以外的生存价值。或许因此，她们才变本加厉地想要插手孩子的一切。此类父亲缺席的家庭正是日本经济高速增长期及泡沫期催生的产物。

然而悲伤的是，父母注定有一天会离开子女，不可能永远守护着他们。前述精神科医生斋藤环断言："孩子'脱离'父母及家庭（即独立）的最好契机便是恋爱（异性恋）。"如果一名男性找不到比其母亲更令他珍惜的异性，便很难'脱离'父母。

另一方面，母女之间只要不过度亲密，旁人看起来也很温馨。然而一旦过度，母亲便会将女儿当作自己的分身，并把理想强加于女儿身上。心理学家信田纱代子在《母爱过于沉重》（春秋社）一书中写到，女儿因为母性神话的存在而无法把母亲视为坏人，或许也不曾意识到自己苦于"沉重的母爱"，最终无法过上自己的生活。

几年前，一名在东京大学任教的女教师跟我讲了一件事。当她就女性从家庭走入社会与女权主义进行演讲时，东京大学的一名女学生袒露烦恼如下：

"在我考大学以前，母亲一直告诉我'要像男生一样好好学习''不要因为自己是女生就恃宠而骄'。然而我刚考入东京大学，她便要求我'尽早在大学里找个"好男人"（女婿候选人）'，教导我'多像女人一些'。我究竟该如何生活呢？"……

本来，她应该强硬地向母亲表示"我已不再是个孩子了"。但对于一直以来在乎父母的孩子来说，这番话难以启齿。如果被作为最后堡垒的父母弃而不顾，想必她们会感到前途渺茫、束手无策吧。

况且，母亲所期望的"好男人"未必符合女儿的标准。

在母亲的青春时代（主要为泡沫经济时期），"三高"男是女性的理想型，而如今，年轻女性的理想型，我称之为"三平"男，即年收入中等、相貌普通、性情稳定。他们不太会因"我赚了这么多钱"而高人一等，抑或因相貌出众而出轨，是极为普通的男性，与母亲所期望的截然不同。

在父母与社会的双重约束中左右为难的年轻人

如今 20 多岁的年轻人的主体"宽松世代"，一方面出生率不断下降，另一方面独生子女比例逐步攀升，又称"没有竞争意识"的一代。

而在其背后，隐藏着的实际上是他们"运动会赛场上不要争排名""文娱会时班级的每个人都是主角"之类建议的父母。他们太过想要守护自己的孩子，不愿意让他们自怨自艾，亲子之间的亲密关系变得愈发深厚。

尽管也有人不认可这样的父母心，但我不能如此言说。因为我理解为何年轻人会固执地坚持"父母才是最后的堡垒"。**自 1990 年代中期以来，日本国家及企业对"自我责任"**[①] **一词的滥用，一直令他们忐忑不安。**

---

① 指自己的责任，以及由此衍生出"自己采取的行动，责任由自己承担"的观点。

但问题是，越来越多的 20 多岁的年轻人在面对恋爱时过于在乎父母，无法迈出下一步。他们觉得性与自慰行为兴味索然并非仅由超信息化所致，也同他们超恋父母，"不希望被父母讨厌"必定有所关联。

与朋友、社群内的恋爱关系也是如出一辙。

本章主要原因①中提到过年轻人"不想在社群内谈恋爱"的想法源于他们的不安。诸如"与朋友谈恋爱会产生甩了对方，或被对方甩之类的争端，不想因此破坏朋友间的和睦""在众目睽睽的社交网络上炫耀自己充实的生活会被讨厌"等。这或许与宽松教育理念所衍生出的"与大家友好相处""恐惧孤独"也息息相关。

在社交网络如此发达、人们可以随时随地见面的时代里，如今20 多岁的年轻人有性伴侣及床友，或者拥有"50 个好友"的不在少数。因而在成年人看来，"只要想谈恋爱，任何时候都可以找到交往对象"。

不过，多数年轻人无法将"这个人"的范围锁定在一人身上。

这或许与永田夏所提到的"精灵宝可梦型的人际交往"有关。除此之外，他们不能、不敢只选定一人，也有他们自身无法像过去年轻人那样描绘出美好未来，只是享受着现实世界里的恋爱本身"还不错""看起来很开心"的原因。

现代恋爱模式矛盾重重。

例如：男友在约会时，生气地说女方"别总是玩手机啊"，但回到家又要求女方"快回复我 LINE 的消息啊"；女友平日里高呼男女平等，一起出门时又会不满地说"那肯定要男士请客啊"。

另外，父母的因素也不能忽视。社会催促年轻人"去谈恋爱吧""脱离父母吧"，但父母未必希望如此。有性行为也仿佛背叛父母似的，总令人感到内疚……

左思右想，恋爱几乎成为一种麻烦。

接受本次采访的和树（25岁）表示："不谈恋爱也挺好的"，"如果我去到一个荒岛无事可做的话，或许会认为如果能谈场恋爱也不错"。

然而，如今除了恋爱以外其他欢乐事应有尽有，年轻人们并不想扰乱与父母、朋友之间的关系。在那样的情况下，未必愿意将自己置于充满矛盾且令人疲惫的恋爱关系中。

因为对他们而言，比起去寻找命运邂逅般刻骨铭心的恋爱，守护此时此刻的小确幸更加珍贵。

恋爱革命　阻碍年轻人恋爱的主要原因④
恋爱风险的暴露与年轻人的风险规避
——恐惧"自我责任"的恋爱实态

"我前男友不可能做那么过分的事!"

在本次采访的 20 多岁女性中,对下述事件表示"大为震惊"的声音也不绝于耳。

2013 年 10 月,在东京三鹰市发生了一起跟踪狂杀人事件。当年 18 岁的女高中生被以前交往过的 22 岁男性跟踪杀害,不仅如此,交往时期拍摄的裸照也被散布到网络上。

这便是所谓的**"色情复仇"**。

将前任的裸照及视频等传播至网上的骚扰行为又称"复仇式色情"。美国部分州早前便有相关法规,而日本实施《色情复仇受害防止法》大约是在该事件发生 1 年以后,即 2014 年 11 月。

在男女恋爱中,自古便有"爱之深,恨之切"的说法。昭和初期(1936 年)发生的猎奇犯罪"阿部定事件"恶名远扬,只是当时听说该事件后,联想到"明天也会发生在我身上"而提高警惕的人应该是少之又少。

然而,如今 20 多岁的年轻人与之不同。正因为是超信息化的社会环境,包括色情复仇在内的"分手后复仇戏码"每时每刻都上演于众目睽睽之下。在这样的大环境中,如同前文中提到的"搞不清在想什么的身边人"般，只要看到异性有可疑行为，便会恐惧"莫非这个人也是'阿部定'"，想必同时也会触发"害怕""想避开"的防卫本能。

另一方面，年轻女性"被恋人拍裸照（或只穿内衣）"也是不争的事实。某项调查显示，20—30岁女性的17%，即每6人中便有1人表示"曾经被拍过（允许拍过）"。在其他调查中，该占比也超过了五成。

她们为什么允许对方拍裸照呢？其中最主要的原因是"男朋友要求的，我也没有办法"（52%），并列位居其次的为"想让男朋友开心"和"男朋友随手一拍"，大约每4人中有1人如是回答（2014年/iResearch）。在采访中，也有女性垂着头，悔不当初，坦言"害怕拒绝了就被甩""男朋友说正因为喜欢我才拍的，没办法拒绝"。

恋爱当中风险重重?!

1990年代后半期到2000年代"恋爱革命"的第四个主要原因是**各式各样恋爱风险的暴露与随之而来年轻人对风险的规避**。

正在阅读本书的诸位，你们年轻时在向喜欢的对象表白、邀对方约会，或者发生性关系时，有没有考虑过"恋爱风险"呢？至少对于我来说几乎没有，充其量不过是注意避孕而已。

然而，1990年代以后，随着艾滋病（HIV感染）及各种性病逐渐走入人们的视野，恋爱市场中所谓的"风险"也迸发而出。因此，自1990年代后半期开始，年轻男女之间也呈现出规避"危险（或许危险）的恋爱"趋势。

我们先来列举一些有代表性的风险及其普及的契机。

- **性骚扰**（Sexual Harassment）：获 1989 年新语・流行语大奖"新语类"金奖。1994 年以后，因企业对就业冰河时期的应届毕业女大学生采取性骚扰面试而人尽皆知。
- **职权骚扰**（Power Harassment）：2001 年，东京某咨询公司创造了该和制英语词。2003 年，该词在川崎市自来水局案件的判决书（赔偿令）下达后被广泛熟知。
- **跟踪狂**：1999 年，自桶川跟踪狂杀人事件发生后人尽皆知。2001 年以后，认定件数超 1 万件，2014 年已达 22823 件。
- **家暴**（Domestic Violence）：2001 年，配偶暴力伤害案件激增，《DV 防止法（家暴防止法）》开始实施。2014 年，认定件数已达 59072 件。
- **恋爱暴力**：2000 年代初期，十几二十几岁年轻人受交往对象身心伤害的案件被曝光。2005 年内阁府调查结果显示，交往中的年轻人，每四五人便有一人是恋爱暴力的受害者。
- **色情复仇**：2013 年 10 月，因三鹰跟踪狂杀人事件而广为人知。2014 年 11 月，《色情复仇受害防止法》实施。

这样罗列在一起，便可以一目了然地看出近年来的恋爱风险要因是如何逐渐显露出来的。

年轻人远离恋爱，与"性骚扰""家暴"等新词纳入语言系统（名称化）后，调查显示出的该类恋爱风险负面实情导致他们对恋爱更加"慎重"也不无关系。另外，其背后隐藏的原因归根结底还是男女间的沟通不足，以及"不即不离"的与人交往适度距离感的缺失，这使得他们在与适度距离感不一致的人交往时，更容易感到自己的地盘受到了对方的侵犯。

桶川跟踪狂杀人事件的负面影响

事实上，1990年代后半期，20多岁的我也遭遇了跟踪狂的侵害。

如今62%的跟踪犯罪出自"交往对象"（2012年/警视厅），不过，跟踪我的人只是我工作中上司之类的人。之前，在工作以外我们毫无交集，然而，一时间事态单方面升级，最后我和家人都险遭杀害。警察自不必说，我甚至不得不寻求律师援助。在那之后的半年里，我因太害怕而闭门不出，食不下咽，瘦了15公斤。

当时是在桶川跟踪狂杀人事件发生前不久，我还只是听一位美国回来的朋友说起"美国那边有关跟踪狂的话题引起热议"时，听说了"跟踪狂"一词，做梦也没有想到自己有一天会波及受害。

社会上的普遍情况似乎也大同小异。泡沫时代（1991年）热播剧《101次求婚》（富士电视台）中的主人公（武田铁矢饰），如今看来也几乎算是个跟踪狂了。他在向女主角（浅野温子饰）表白被拒后仍不死心，多次邀她出去约会，甚至还冲上马路，挡在大卡车前说着"我不会死"……这些显然都是非正常行为。

在那之后第二年播出的《一直都爱你》（TBS）中，主人公冬彦（佐野史郎饰）也是如此。大结局时，他向变心的妻子（贺来千香子饰）表白"你是我的初恋！"的一幕，曾传为一段佳话。可是此前他对妻子的监视与纠缠，是彻头彻尾的跟踪狂行为。如果这样的情节放在如今，"简直不可理喻"之类的抗议定会纷至沓来。反过来说，在过去的15年到20年里，恋爱的风险已经浮出水面。

在本次采访中，一名20多岁的女性表示曾受到跟踪狂袭击。她尽管嘴上说"很害怕，不愿回忆"，但还是向我吐露了些许。

> 我是在大学三年级的夏天遭遇了伤害，对方是研讨会的教

授。教授趁着在一起去集训和实习活动时，频繁地给我发"你知道我的意思吧""我会在附近的咖啡店等你"之类的私人邮件。我起初还以"想得太多了"安慰自己，但他的纠缠让人害怕，于是便用"今天要打工"等借口婉言拒绝他。

然而，那个暑假，我实在不堪此类邮件烦扰，去了教授的研究室，教授突然凑过脸来冷笑着威胁我："我问问你啊，到底想让我等到什么时候？"

我大吃一惊，表示拒绝后，教授突然变脸，露出一副极其可怕的嘴脸乱骂一通："别装了，你这个婊子！""那你就别想拿到学分了。"我哭着逃走了。

在那之后，我搜索了"婊子"这个词（用谷歌搜索），心情非常低落。好朋友也对我说："或许你平时不该穿短裙。"连我自己也渐渐开始觉得一切都源于我的性暗示及不合适的着装。

犹豫了半个月后，在父母的陪同下，我向教导处提交了一份受害申报，但并不想把事情闹大。结果，该教授若无其事地辞了职，目前仍在另一所大学任教。当得知这些时，我又想到"如果有哪个孩子和我遭受同样的事情……"，便更加自责。

比起对他人、对男性的不信任，她更加深陷在"自我怀疑"之中。换言之，她苦恼着"自己就是麻烦制造者"。后来，她患上了暴食症，因伤到肠胃被紧急送医，住院3个月，大学也休学了1年。

想必现实中遭遇跟踪狂侵害的女性还是少数。但尽管如此，每年也大约有22800起案件被认定为跟踪犯罪（2014年/警察厅）。当然，还不包括没有向警察投诉的情况。由此可以推测出，背后还有更多的女性身陷阴霾。

这类恋爱风险的特征是，受害者本人自不必说，就连身边的熟人、朋友、家人或者通过报道等得知该事实的普通人也会感到"恐惧"。

不谈恋爱的年轻人　073

特别是像桶川事件那样，与自己年龄相仿的女性（受害时21岁），明明不过是与在街上偶然邂逅的男子开始交往，却不久便遭遇对方变身跟踪狂、光天化日之下被刺死在自行车停车场……于是，当男性靠近时，比起"喜悦"，更多的是在心里设防"真的安全吗"也属于理所当然。

恋爱暴力的蔓延与不会说"NO"的年轻人

此外，对于女性来说，如今比跟踪狂更容易惹祸上身的是"恋爱暴力"。一般来说，"家庭暴力"在内阁府的定义中是指来自"配偶"精神上、身体上的暴力，而"恋爱暴力"发生于"恋人之间"。

前文中内阁府的某项调查（2005年）显示，20多岁的女性中的23％遭遇过恋爱暴力。东京都某项调查（2013年）结果中显示出的比例甚至更高，有受害经历的占比高达43％。大概是因为后者不仅统计了身体上的暴力，将"仔细检查人际交往关系、电话与邮件"等极端精神束缚也囊括进了恋爱暴力的范畴。

上一代听到"暴力男"时，脑海中或许会浮现出过去的黑社会，抑或如菅原文太主演的电影《卡车野郎》中在卡车上大乱斗的一幕里品行不端的粗暴男性形象。然而，当今时代是近半数年轻女性遭遇恋爱暴力的时代。加害者中也不乏平平无奇、老实温顺的男性。恋爱暴力的风险或许无处不在。

前文中"为前男友束缚烦恼不已"的春香（22岁）也曾遭受前男友的恋爱暴力。他是一个游戏迷，皮肤白皙、长着一张鹅蛋脸，单从春香手机里的照片来看，是个温柔的人。可是他会因为一丁点儿小事，情绪暴怒骤变。

尽管春香只被前男友直接殴打过一次，但自从前男友在推特上监视她开始,不是吼着"刚才和男人在一起吧?!"朝她砸东西,就是摆出要打人的样子"喂!"一声朝她大吼恐吓,这样的生活日复一日,已成了家常便饭。一想到"还会被骂",春香吓得缩成一团,不敢接电话,也害怕回到一人生活的家。春香如是说。

另外,机械工学方向的研究生翔子(24岁),在大学二年级时也遭遇了异地恋男友的恋爱暴力。她若没及时回复LINE上的消息便会收到"你在做什么?""怎么不理我啊?""喂!"之类的信息,语气一路飙升。她因此而患上了神经性肠炎,被送往医院,觉得"受够了这场恋爱"。

通常情况下,大多女性在分手后仍会持续受到恋爱暴力的影响。上述东京都的某调查结果也显示出,超三成的20多岁女性表示在遭受恋爱暴力后"身心不适",表示"变得害怕"的受访者同样高达13%以上。

前文中提到的"恋爱模拟项目"主办者立命馆大学副教授斋藤真绪也表示:"部分年轻人在遭遇恋爱暴力和跟踪狂侵害后,很难再次恋爱。"

近年来,随着LINE等社交网络服务平台的发展,人与人之间的联系唾手可得。因为总想约束对方,便容易建立起紧密又令人疲惫的恋爱关系,而非"不近不远"的适当距离。加之信息交流过于迅速,"平静反思自我感受的机会越来越少",斋藤如是说。

然而,若一直保持紧密的恋爱关系,不久便会产生依赖,容易变得"随时想让对方了解自己的一切动向"。如果需求一直得不到满足,最终甚至可能发展到恋爱暴力及跟踪狂的地步。尤其是他人不可见的邮箱与SNS等"密闭性"的二人世界更容易招致恋爱风险。

因此恋爱模拟研讨会不仅关注恋爱中快乐的一面,也着眼于包含压力在内"令人疲惫"的部分，参与者会一边与他人交换意见一边回顾自身的恋爱关系。

例如，交往对象随便检查自己邮件的情况。

尽管前文中提到的东京都某实况调查将该行为也归为一种"恋爱暴力"，但真正发生在自己身上时，也有人即使觉得"讨厌""希望对方别这么做"，仍会安慰自己"因为他喜欢我，检查也情有可原"，或者认为"就应该那么想"因而将自己封闭起来。

可是，这真的可以称为理想的人际关系、恋爱关系吗？

在讨论这些具体的例子时，年轻人回顾起自己的恋爱经历，开始认识到恋爱中容易不知不觉产生"暴力行为"的情况。他们反复反省着"一直以来，自己都没有认真思考过恋爱"，开始冥思苦想"自己究竟想谈什么样的恋爱"。

此外，该研究项目还着重关注"NO 的表达方式"。

例如，约好了与朋友一起玩，男朋友却邀你去约会的情况下，该如何处理，该拒绝哪一方？参与者们围成一圈，列举出具体的情境，一起思考如何对自己喜欢的人说"NO"。

"一般来说，如今 20 多岁的年轻人都会尽量避免冲突，无论是男朋友还是朋友，都会给足面子。他们大多是上午与朋友一起，下午与男友见面，不拒绝任何一方，想方设法调配时间。"斋藤真绪如是说。

不说"NO"不仅仅是因为年轻人重视社群的和睦。

在社交网络如此普及的时代，一旦成为某人的"男朋友""女朋友"，便很难"摆脱"这种关系。

过去充其量不过是在朋友间炫耀一下"亲亲大头贴"（恋人接吻的大头贴），而如今是 LINE 上的交往，甚至某些情况下还留下了裸照与视频。若稍有不慎惹恼对方，或者对方不同意分手的话，这些私密照被上传至网络也并非毫无可能。

大人们造就的去个性化环境与避免"招摇"的意向

斋藤真绪指出，社会普遍认为在昭和时代里，关系亲密的男女"即使不通过言语表达，相互之间也心有灵犀"。正因如此，**在日本男女间很少有控制愤怒情绪，互相向对方说"NO"，抑或是学习解决恋爱中冲突的机会**。

不仅男女关系，朋友间也是同样。如今 20 多岁年轻人往往不说"NO"。他们会尽可能地避免纷争，不与他人发生矛盾，力求"圆滑""温和"地处理关系。服装也好，随身物品也好，他们将比周围人显眼称为"招摇"，为了让自己不引人注目，便尽可能与同伴保持步调一致。

近年来入职的新员工便是典型例子。

我曾被多次邀请至 20 多岁年轻人聚集的培训现场演讲。前几日，名古屋某培训会场"竟然又是这样"，这简直令我瞠目结舌。会场中整齐排列着大约 400 名新入社员，无论男女几乎千篇一律地穿着"纯黑色"正装。如今东京、大阪、福冈，任何行业的任何会场中都如出一辙，如同殡仪馆一般。

至少，我找工作时的 1990 年代前半期，情况并非如此。的确，像我这样"说什么也不穿黑色"、偏要穿粉色的学生不多，但即使女性时尚杂志 JJ（光文社）的求职专题中，也有灰色、藏青色和浅蓝色等个性丰富的服装搭配。那么，如今为何……

四五十岁的公司负责人、管理者们在我演讲前后经常袒露出如下担忧：

"如今的年轻孩子全都太老实了。"

"完全不反驳我们（上一代）的意见，也感觉不到他们的干劲。"

然而，哪位负责人都没有提到千篇一律的"纯黑色"正装。可能是因为近年来已经司空见惯了，他们也没觉得"奇怪"或者"应该做出些什么改变"。

最近，采访孩子在找工作的父母时，他们也表示"去西服卖场，店员便会推荐'现在大家（求职及新入职时）都穿黑色正装'"。据说大学的就职课也是一样，**为了避免"招摇"**，着装与大家一样穿黑色、面试时的回答按照指南，贯彻"首先不过于显眼"，在此之上再加入与别人稍有不同的"小个性"。

究根诘底，**"去个性化"与"不说 NO 的环境"反而是大人们造就的**。那么，又有什么理由去批判年轻人"没个性""没主见"呢？

无论怎样都属于"自我责任"，反正谁都不会保护你

不仅恋爱，一切事物的风险对冲都是如此。

正如前文所述，在对 100 名草食系男子（现在 30 岁左右）的采访中，74％的人表示印象中父母曾说过"今后国家和公司都不会保护（你）"。事实上，多年前（2004 年），小泉内阁在伊拉克人质事件中提出**"自我责任"**一词时，也有不少年轻人发出"果然如此""反正国家和其他人都不会保护自己"之类"饱受打击"的感慨。

想必政府的意图与他们的解读多少有些不同。不过，完全可以想象到泡沫经济破灭后，在持续裁员及就业困难的情况下，"自我责任"四个字会对年轻人的心灵产生多么沉重的影响。

在这种大环境下，当看到大人们至今仍在嘲笑年轻人"如今 20 多岁的他们不敢冒险，连海外旅行都不想去""过度害怕风险可真难办啊"之类时，老实说我会有种"对不起年轻人"的心态。

比如，他们口中的海外旅行。综合多项数据与敝司的调查结果来看，20 多岁年轻人的出国率，男性仅占大约二成，女性不过三成左

右。但是，其中有1—5次（多次）出国旅行经历的人群，在2012至2013年的一年时间里，男女人数均增加了大约10万人（2014年/JTB综合研究所）。我们通过访谈得知，哪怕仅有一次海外旅行经历的年轻人也表示"非常开心""还想再去""要努力攒钱出国玩啦"，愿意再次出国旅行的比例并不低。

那么，从未有过海外旅行经历的年轻人想法如何呢？

绝大多数年轻人表示"不能休假""没有闲钱"。尤其是没有奖金的非正式员工，或者没有带薪年假又不能休长假的一年一签合同的轮班制年轻人，类似的呼声更为明显。2001年9月美国9·11恐怖袭击发生以后，"国外的恐怖袭击太可怕了""总觉得国外不太平""父母会担心我"之类的声音更是日甚一日。

那么，处于这般乱世之中，越来越多的年轻人以临时工、合同工身份工作，"不能休假""没有闲钱"，这一切真的是他们自己的过错吗？当然不是。

风险对冲同样如此。一方面，他们从记事起便被告知"国家和公司都不会保护你"，甚至不得不直面"自我责任"这样的字眼。而另一方面，却还要日复一日地置身于跟踪狂、恋爱暴力、色情复仇之类恋爱风险报道所带来的冲击之中。

想必如此一来，他们便无法如我们泡沫经济一代般轻松地"享受恋爱"了吧。

对年轻人的性骚扰、职权骚扰，大人们注意到了吗?!

很抱歉情绪有些激动了，请大家稍微忍耐一下。

本次采访中，最令人恼火的是对年轻人的"性骚扰""职权骚扰"行为。遭遇过这两种伤害的年轻人比预想的还多。

例如，出生于岩手县、就职于东京的一家WEB制作公司的美辛，曾在大四春季求职活动中遭遇过严重的性骚扰。

对方是WEB学校的一名男老师。他在求职活动中很热情地与美辛交谈，起初美辛也对他抱有好感，觉得他"好温柔""很棒"。被他邀请放学后一起出去吃饭喝酒时，还有些雀跃。虽然美辛有男朋友，但两人只是单纯地吃顿饭，美辛并没有负罪感。

然而，随着接触次数的增多，他逐渐开始对美辛威逼利诱起来，比如"我会（在公司）照顾你的""你照我说的做就行"之类。然后某天夜晚，不幸发生了。

"就凭你，还敢得罪我?!""像你这样的乡下人，人脉就是一切啊。"

他拽着美辛的胳膊，将她带到了涩谷区的一家情人旅馆。不对，准确地说，是美辛"害怕威胁，自己糊里糊涂地进去了"。当时觉得找工作太困难了，有些慌不择路了，美辛如是说。

在发生性关系的过程中，美辛看到镜子里的自己，顿时泪流满面。真可悲，自己竟然将如此下流的男人当成"好人"……从那以后，美辛开始感觉性"肮脏""恶心"，也与当时的男朋友分了手。

在IT公司做销售的优香（24岁）再三叮嘱："拜托啦！请一定要写得看不出来是我啊。"

优香大一时在兼职的快餐店遭遇了性骚扰。当时她与店长两人上晚班，在空无一人的餐厅，店长把她带到了后面一个狭小空间里，紧紧抱住她强吻。她无处可逃，因为太过恐惧，她连喊叫都不敢。

优香非常喜欢那家店，店里也有熟客。事件发生后不久，她以"个人原因"为借口辞职了，同一所大学的几位前辈和后辈仍在那家店打工。即使5年后的现在，优香仍表示"被店长侵犯了"之类的事，无论如何也不能对除外校好友以外的人说。

"除了性骚扰外，我敬佩店长的工作态度。而且，后辈们至今仍然崇拜他，一旦他们得知此事，恐怕与店长关系会因为我而变得紧张。"

话音刚落，我几乎要站起来说："他们不会那样的！"但这一瞬间我抑制住了怒火。因为紧接着她说了个令人欣慰的消息，"终于身边有可以商量的男生了"。

那人是她现在公司的前辈。优香在那件事后患上了幽闭恐惧症，甚至不敢乘坐电梯。偶然有一次两人加班结束后一起去喝酒，他问了优香："为什么你只走楼梯？"优香借着酒劲发泄出压抑已久的情绪，他说："那从今天起，我和神谷（同一部门的女性前辈）陪你一起乘电梯。"

目前，两人还未发展到交往关系。不过，"尽管我早已忘了爱的感觉，但这种感情应该就是爱吧。再观察一阵子，如若他也对自己有好感，打算试着向他表白"。说着说着，优香突然羞红了脸。

像她们那样遭受过性骚扰或跟踪狂侵害的女性，哪怕只有一个可以倾诉的对象，都会如释重负，我也不例外。但不幸的是，多数女性只会责备自己，认为"全部是自己的过错"。

针对该类性骚扰，厚生劳动省在1997年修改《均等法》时，加入了"对企业雇佣管理方面要求"的条款。进入2000年代以后，由于积极开展应对性骚扰的研修实施启蒙活动，设立咨询窗口的企业也越来越多。2007年以后，都道府县各级劳动局收到的咨询件数也有所下降，社会环境似乎有所改善（2014年/内阁府）。

与此相对，近年来受害日益明显的是**对男性的"逆性骚扰"**。尽管厚生劳动省从日本全国各地收到的性骚扰咨询男女比例仍然是1比10，但女性从10多岁到60多岁不等，而男性绝大多数是20多岁（2013年/厚生劳动省）。对于如今20多岁年轻人而言，即使是男性，性骚扰也并非"事不关己"。

那么，实际上究竟有多大比例的年轻男性正在遭受着侵害呢？

2013 年，日本杂志《女性 SEVEN》（小学馆/2013 年 7 月 18 日号）报道了精通劳动问题的户塚美砂律师所进行的调查（2011 年）。该结果显示，在 2666 名 22—39 岁的男性中，大约 600 名男性"曾遭遇过来自女上司或前辈的性骚扰"，相当于每 4 人中便有 1 人。

从骚扰内容来看，"对自己说下流的话，逼自己看下流的动作的"占 10%，"纠缠不休地被邀请去吃饭、约会、旅行、宴席的"占 7%，"被强迫发生性关系，或者受到引诱的"占 4%。

本次采访中，也有一名 20 多岁男性表示"自己曾被工作单位中的一名男上司表白说'喜欢你'，并被迫与其发生性关系"。他甚至表示"详情无法奉告""实在愧对父母，要把这个秘密带到坟墓里"。在之前的调查中，也有 75% 的人表示"男性生存在一个没办法公开说自己被性骚扰的社会里"。

的确，似乎一些年轻男性有着与女性不同意义上的烦恼。

事实上，近三成的 20 多岁男性表示曾是"恋爱暴力"的受害者。其中，一成左右还有过被女性拳打脚踢的经历。

尽管如此，当被问及"没有与对方分手的理由"时，每 4 名男性中便有 1 人表示"觉得对方需要自己""虽然讨厌暴力，但对方也有优点"（2013 年/东京都）。我真心希望他们身边有可以商量的人。

与此同时，我们大人也应该多留意他们的感受。

2015 年 3 月，前经济产业省官员古贺茂明在《报道 STATION》（朝日电视台）的直播中发声，说"自己一直受到来自官邸的打压"。数天后，他在回应网络媒体（IWJ）的采访时说道：

"所谓压力是被要求一方的感受。"

关于性骚扰、职权骚扰与恋爱暴力所带来的精神上的痛苦，一些大人苦笑着说："反应过度了""如果不愿意，直截了当地说出来就好啊"。但是，以上所讨论的恋爱风险问题在于"力胜一筹的男性（女性）对女性（男性）""上司对部下"，或者"强者对弱者"，单方面地将"一切都得顺从自己意愿"的想法强加于人。

即使行为实施方没有这个意思，如若被动接受的弱势方感受到压力，认为"拒绝就会被炒鱿鱼""拒绝就会挨打"，那么他们将很难说NO。对于本来就不会说 NO 的 20 多岁的年轻人来说更是如此。

因而，掌权者或力胜一筹的一方应该有意识地一边询问弱势的一方"你有什么意见吗？""真的可以吗？"，一边推进。

说起来容易做起来难，若说我对年轻员工是否能做到这些，也还离合格相差甚远呢……

搭讪需谨慎！令男性闻风丧胆的冤罪风险

对男性来说，还有额外的恋爱风险，那便是被误认为是加害者的冤罪风险。

想必诸多人对 2007 年 1 月上映的电影《即使这样也不是我做的》（东宝公司）印象深刻吧。导演是因热门电影《来跳舞吧》而家喻户晓的周防正行。该影片以一名坚持诉诸法律洗脱色狼罪名的真实人物（影片中是一名年轻的男性自由职业者）为原型，男性岌岌自危，担心"万一自己也遭遇同样状况"的呼声不绝于耳。

不仅是被误会成色狼，他们还有可能背上性骚扰与跟踪狂的黑锅。即使自己并无此意，仍然存在说话或短信交流中稍有不慎，便被女方认为是在"性骚扰"的可能。各企业都对员工的背调吹毛求疵，以至于他们在街上与人搭话都小心翼翼。在本次采访中，也有数名20 多岁男性表示"连在车站向年轻女孩问路也会踌躇不决"。

事实上，最近搭讪现象已有所减少。国家第三方机构关于已婚夫妇"邂逅契机"的调查结果也显示出，1982年，"在街上或旅途中（搭讪）"的比例超过8％，泡沫经济时期（1987年、1992年）仍超过6％，而如今却徘徊在5％左右（2010年/国立社会保障·人口问题研究所）。

除此之外，派遣员工和吉（28岁）在婚活①中也表示："深刻认识到了这一点（风险对冲）。"

去年，和吉在朋友邀请的相亲派对上，与"有些好感"的女性互相交换了LINE的联系方式。两天后，他给该女性发了一条信息"有空一起去吃个饭吧"，但等了半天也没有回信。第二天，他再次邀约，只收到一条"我正在工作"的回复。和吉感觉到情况不妙，于是立刻回信："抱歉，打扰了。"

"如果第二次仍被'拒绝'，就不再邀请了。不想被人误会成跟踪狂、纠缠不休。"

或许女方的想法不过单纯是"这会儿在工作，回头再联系吧"，或者"还不至于那么喜欢，再看看他的表现吧"之类的，然而大部分20多岁男性如果第二次还没有收到令人满意的答复，便会打起退堂鼓。

本次调查结果也明显印证了这一点。在对年轻人"被拒绝多少次才会放弃？"的调查中，以绝对优势占据首位（40％）的回答为"2次"，每4名男性受访者中便有1名被拒绝1次后会放弃。而"不同意决不罢休"的回答占比仅为9％（2015年/恋爱jp）。前文提及的《101次求婚》中的故事情节在现代无疑是天方夜谭。

---

① 指一切以结婚为目的的活动，比如相亲、约会、参加派对，甚至包括去健身、化妆等完善自己、提升自身竞争力的活动。该词最早出现于社会学家山田昌弘的《婚活时代》中，此书销量高达17万册，同时也创造出"婚活"这一新的流行语。

意外怀孕……男性面临的又一"风险"!

我虽然不确定是否能够将其称为"恋爱风险",但所谓的"奉子成婚"似乎也是 20 多岁的男性对恋爱持保留态度的原因之一。

"高效的天赐姻缘对 30 多岁女性来说大有益处!"

2013 年,杂志 an・an(9 月 25 日发行号)积极地将"奉子成婚"的日语表述用"授かり婚(**天赐姻缘**)"替代了"できちゃった婚(带球结婚)"① 作成上述特集。在具体措施部分,杂志中还传授了"提高身体基础体温""半同居状态下不用刻意避孕"等成功的秘诀。我身边那些为"男朋友一直不表白也不求婚"而忧心忡忡的女性,清一色都喜笑颜开地表示"真是好消息啊"。

然而,年轻男性在以网络为核心的平台上显露出的反应却大多是"已经是那样的时代了吗?""是在挑衅吗?""女人,太可怕了!"之类的消极看法。

前文中豪言壮语"不会与父母不喜欢的人恋爱"的青木也说:"如果顺序颠倒过来,奉子成婚的话,就太对不起父母了。"

按理说,让父母抱上孙子是最大的孝道吧。只是"我不想在这方面草草了事",绝对不允许自己与一名不符合期望的伴侣在计划之外怀孕生子,青木如是说。

我不禁吐槽:"可你有两个性伴侣吧。不害怕意外怀孕吗?"

慎重派的他冷静地点了点头,"没事的,和她们都戴套了"。

另一方面,在食品加工厂工作的吉久(23 岁)更令我大吃一惊,

---

① "できちゃった婚(带球结婚)"在泡沫经济崩坏后的 1990 年代中期开始被广泛使用,但由于其含义略显轻浮,人们提出了更神圣化的措辞,即"授かり婚(天赐姻缘)"。

他竟然在手机"备孕 app"上与女友"共享"排卵期记录。

"看，今天是女朋友排卵期的前 2 天，一定要小心。这种时候更容易怀孕，所以绝不能'发生性关系'。"

希望大家不要误会。他们中的大多数表示"还是想要孩子的"。尤其在如今的时代，奶爸已然成为一种身份象征。在某项调查中，也有近七成的 20 多岁未婚男性表示"（如果可能的话）以后还是想要孩子的"（2012 年/明治安田生活福祉研究所）。

尽管如此，他们的真心话还是"颠倒了顺序先怀孕的话就麻烦了""真害怕有一天，女朋友突然说'怀孕了'"。在本次的采访中，越是 20 岁出头（25 岁以前）的男性，这样回答的越多。

为何如此？原因之一便是如青木般害怕让非婚对象怀孕。

想必也存在"难以向父母说出口"的人吧。不过，本次采访中听到最多的回答是"不想由此来决定自己的人生（计划）"。

我在 2008 年撰写的《草食系男子》一书中，列举了受访者翔太（当时 25 岁）与挚友雄（同岁）的事例。

在同居对象告诉他"怀孕了"之前，雄一直在餐饮业打工，梦想着"有一天能开一家咖啡店"。但是女方因为怀孕辞去了派遣工作，两人连房租也交不上，没撑多久雄便不得不去她老家开始"入赘生活"。

没过几天，岳父对他说："你也快要当父亲了，是时候该工作了吧。"

就这样，雄从事了一份完全不喜欢的工作，成为一名从早到晚与超市工作人员交涉试图将某商品上架去卖的推销员。

在翔太看来，雄此刻好像穿着不相称的套装，自怨自艾着"俺太丢人了"。

"我不想落到那般田地。要是不小心有了孩子，那人生就完了。"

翔太如是说。

离婚——近在眼前的恋爱不良债权

如今，20多岁男女中"奉子成婚"已高达44％（2010年/厚生劳动省）。那么，为何还有大约四成20多岁男性想要"尽量避免奉子成婚"（2013年/Match Alarm公司）呢？

最大的理由必定是**计划外的奉子成婚所带来的风险，即"离婚""贫困"等恋爱不良债权**。

泡沫经济时期以前，日本的离婚案件数保持在每年15万至16万件左右缓慢增长。然而，在泡沫经济崩溃后的2002年，该数值创下新高，突破了29万件。此后，虽然呈缓慢下降趋势，但每年仍超过20万件，时至今日仍旧是每3对夫妇中便有1对离婚（厚生劳动省）。如今20多岁的年轻人，自懂事以来，便近距离目睹自己的父母或者朋友的父母离婚。

近年来，年轻人的离婚数量明显增加。尽管20岁至24岁的已婚女性中超六成为"奉子成婚"，但事实上最终有四成（平均值以上）会走向离婚（2010年/厚生劳动省）。

当然，可以选择离婚本身是一件好事。我母亲也曾在50岁时向多次出轨的父亲提出离婚。如今她成功转型为一名心理咨询师，笑称："离婚真好""现在才是最幸福的"。

而在此之前，父亲一直强迫母亲"待在家里"，做一名家庭主妇。母亲刚离婚时找不到满意的工作，曾几次想跳进地铁轨道寻死。

诚然，离婚并不像局外人看到的那般轻松。

一般来说，55％的单亲家庭（大多为单亲妈妈家庭）经济困难。换言之，半数以上的单亲家庭是年收入低于122万日元的贫困家庭。

17岁以下的"儿童贫困率"在2012年也已超过16％，创下历史新高，即每6名儿童中便有1名处于贫困状态（2012年/厚生劳动省）。

遗憾的是，单亲妈妈家庭的贫困早在此前便可见一斑。观察统计数据可知，自1985年以来，"半数以上的单亲家庭经济困难"现象已成为常态。即便如此，国家也没有制定出尽如人意的法律帮扶措施。

结果，现如今不良债权（离婚）的影响已然波及孩子。

社会学家水无田气流在著作《单亲妈妈的贫困》（光文社新书）中指出，当今社会，一方面标榜着全方位的自由竞争，另一方面却缺乏女性独自生育孩子的自由。这难道不是日本女性并未获得真正意义上"生育自由"的佐证吗……

对于如今20多岁的年轻人来说，或许不仅是生育，"恋爱"也是如出一辙。

自1990年代中期以来，自由恋爱进一步发展的同时，年轻人们也已经近距离目睹了一系列的恋爱风险与"恋爱不良债权"。**摆出"害怕""讨厌"与异性交往架势的他们，难道是没有获得真正意义上的"恋爱自由"吗**？我不禁思绪万千。

恋爱革命　阻碍年轻人恋爱的主要原因⑤
泡沫经济崩坏与长期萧条导致的恋爱格差社会

——非正规雇佣①不能谈恋爱吗？

"非正规雇佣者中'有恋人'的20多岁的男性人数甚至未及正规雇佣者的一半！"

2014年，我在内阁府规制改革会议上提起此事时，引起了在场的官员及大公司高层管理人员的哄然议论。

在所谓格差社会②，在"结婚"方面，想必年收入低、从事非正规工作的男性"结婚率低"在某种程度上已经成为人们的共识。但他们连**"是否有交往对象"也被雇佣形式与年收入所左右**，这还不太为人所知。

将该状况公诸于世的是"婚活"和"单身寄生族"的命名者、中央大学文学系教授山田昌弘。在本次采访中，他也断定："年轻一代，尤其是男性，除非有稳定的工作及良好的前景，否则他们不仅婚姻，恋爱也会止步不前。"

因此，恋爱革命的第五个主要原因是**由泡沫经济崩坏与长期萧条所导致的恋爱热情的削减及恋爱格差社会**。

正如山田昌弘所言，年轻人不愿谈恋爱与经济状况和雇佣形式密切相关，这一点在数据上同样清晰可见。我们先来看一下"婚姻"情况。

年收入低、非正规雇佣男性"不愿恋爱"

对于男性来说,"年收入是否达到两三百万日元"成为未婚与已婚的分水岭。

目前,20 岁到 34 岁的男性(单身)中,近三成年收入低于 200 万日元,而同等收入水平 20 到 30 多岁的男性中仅有 3％已婚,大多数是"婚姻难民(后备军)"(2010 年/国立社会保障·人口问题研究所等)。顺便一提,同年龄层中,年收入在 200 万到 300 万日元之间的已婚男性占比达 15％。年收入在 300 万到 800 万日元之间的已婚男性占比大约 30％,显然略高一筹(2013 年/国土交通省)。

从雇佣形式上来看,差异同样一目了然。总务省某项调查(2013 年)显示,若分别从正规·非正规雇佣的角度来观察男性(20 岁到 34 岁)的结婚率,正规雇佣为 35％,非正规雇佣为 14％,前者是后者的两倍多。

那么,这与"恋爱"又有何关联呢?

首先,是女性的意识。某项民间调查结果显示,62％的女性(22 岁至 34 岁)表示"不会与收入比自己低的男性谈恋爱"(2015 年/Mynavi Woman)。可见女性不仅在婚姻上,在恋爱上同样对男性的年收入有"严格"的要求。

尤其是平日里跳过恋爱的女性,她们只将恋爱当成是"通往婚姻目的地的便利手段",因而自然容易在恋爱阶段便为结婚考虑。

---

① 日本常见的雇佣形式有三种,正社员、契约社员和派遣员工。正规雇佣指正社员,基本上需全职工作(配合加班),非正规雇佣是指契约社员、派遣员工、零工、小时工等,通常有合同期限,上班时间有些会比正社员短一些,各种保险、养老金等要满足一定条件企业才会提供。
② 指日本阶层固化、贫富差距日益扩大的社会。山田昌弘于 2006 年首次提出这一概念。

本次调查也显示出每 3 名女性（单身）中便有 1 人认为对方"没有结婚的打算"是"交往的阻碍"。可见以结婚为前提交往的女性不在少数。将"低收入"同样视为交往阻碍的女性占三成。不过，该比例在男性中也相差无几。

雇佣形式的差异也会影响恋爱关系。前述内阁府调查结果显示，在 20 多岁的男性中，"有恋人"的占比在正规雇佣人群中达到 34％，而非正规雇佣中仅有 16％，还不足前者的一半。虽然归属于正规与非正规群体的 30 多岁男性占比差距不如 20 多岁差距那么大——正规雇佣 21％，非正规雇佣 14％，但是"有恋人"的非正规雇佣男性占比也比正规雇佣男性占比少了近一成。

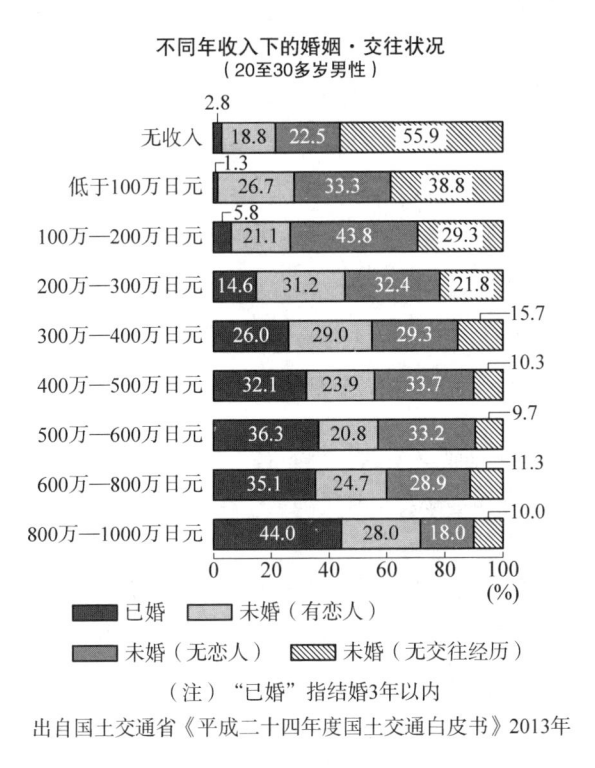

不同年收入下的婚姻·交往状况
（20至30多岁男性）

年收入	已婚	未婚（有恋人）	未婚（无恋人）	未婚（无交往经历）
无收入	2.8	18.8	22.5	55.9
低于100万日元	1.3	26.7	33.3	38.8
100万—200万日元	5.8	21.1	43.8	29.3
200万—300万日元	14.6	31.2	32.4	21.8
300万—400万日元	26.0	29.0	29.3	15.7
400万—500万日元	32.1	23.9	33.7	10.3
500万—600万日元	36.3	20.8	33.2	9.7
600万—800万日元	35.1	24.7	28.9	11.3
800万—1000万日元	44.0	28.0	18.0	10.0

（注）"已婚"指结婚3年以内
出自国土交通省《平成二十四年度国土交通白皮书》2013年

为何恋爱关系中也会有如此明显的差异？

"如今的年轻人，多数希望与异性有'自然的邂逅'，而非正规雇佣男性与正规雇佣男性相比，在职场上邂逅异性的机会少之又少。非正规雇佣男性不仅自身条件略逊一筹，机会也寥寥无几，与正规雇佣男性自然而然地拉开了差距。"山田昌弘如是说。

两者最大的差距体现在"交往经历"方面。前述调查结果显示出，20多岁的正规雇佣男性中14%"无交往经历"，而在非正规雇佣男性中该比例达到41%，竟高出前者2倍。

没有恋人也没有交往经历的**"未恋男性"**往往缺乏与异性交流的自信。同项调查中，大约五成受访者表示"即便有喜欢的异性，也不知道该如何与对方搭话""不知道如何推进恋爱关系"。不仅如此，每4人中便有1人表示"害怕与异性交往，无法下定决心开启一段恋爱"。

邂逅机会少、很难成为女性的选择，加之"自身不擅长搭话"，未恋男性多半也难以恋爱。**他们与工作正规、高年收入男性之间的恋爱差距与"人气差距"**自然也会拉开。

恋爱也"知难而退"的男性

不过，非正规雇佣男性不愿谈恋爱并非"未恋"的唯一理由。

"就算收到联谊的邀请，我也不去。因为我不适合抛头露面。"自由撰稿人明（27岁）如是说。

明过去也曾有过大受欢迎的时期，那时他上初中，是足球部的一名主将。初三时，他第一次和同学发生了性关系，当时心仿佛要跳出来一般，小心翼翼地解开了她胸前的扣子。

然而，在结束的一瞬间，一种出乎意料的感觉涌上心头。

不同雇佣形式下的婚姻·交往状况

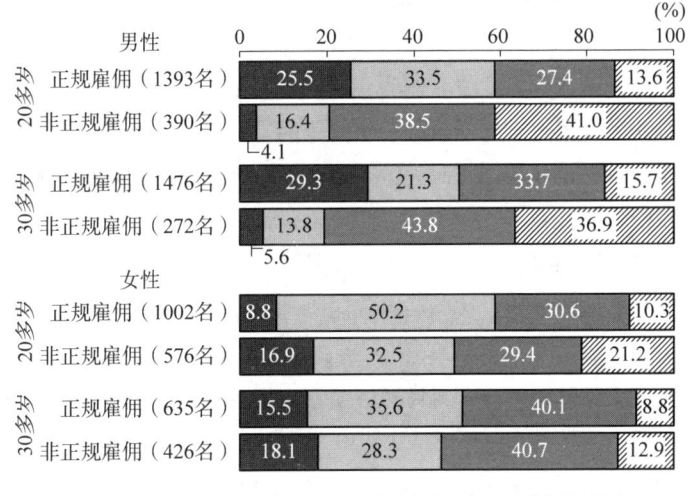

		已婚	有恋人	无恋人	无交往经历
男性 20多岁	正规雇佣（1393名）	25.5	33.5	27.4	13.6
	非正规雇佣（390名）	16.4	38.5	41.0	4.1
男性 30多岁	正规雇佣（1476名）	29.3	21.3	33.7	15.7
	非正规雇佣（272名）	13.8	43.8	36.9	5.6
女性 20多岁	正规雇佣（1002名）	8.8	50.2	30.6	10.3
	非正规雇佣（576名）	16.9	32.5	29.4	21.2
女性 30多岁	正规雇佣（635名）	15.5	35.6	40.1	8.8
	非正规雇佣（426名）	18.1	28.3	40.7	12.9

* "正规雇佣"指"私企正式员工"及公务员、国企等正式职员"的总称
* "非正规雇佣"指"临时工、派遣员工等非正规雇佣者"
* "已婚"者采用结婚前的职业
* "有恋人""无恋人"及"无交往经历"采用目前的职业
* "已婚"指结婚3年以内
出自内阁府《婚姻·家庭形成的相关调查》2011年

"什么，性的感觉就这样吗？"……

明虽然初中以前成绩优异，但在中考时败下阵来，与她升入了不同的高中。至于那次初体验，明无论如何都爱不起来。或许也有他们之间肢体接触减少了的缘故，渐渐地她也冷淡起来。后来的某一天，明手机上收到一条短信，"分手吧"，内容仅此寥寥数语。

比短信更令明震惊的是她的行为。分手后不久，明便从一位朋友处得知前女友正在与一名大学生交往。对方是一所著名私立大学大四的学生，父母是外交官，还即将入职某家一流企业。明高二时便"明白"了：

"最终在恋爱中获胜的也是有钱有势的精英啊。"

明的哥哥比他大5岁，作为应届生考上了东京大学。母亲对于二战高考才考入第三志愿学校的明不闻不问，明显偏爱他哥哥。然而如此优秀的哥哥也在找工作时失败了，患上了恐慌性精神障碍，再无法迈出家门一步。

那时，明想要成为一名心理咨询师。虽说他毕业于二流大学，但如果努力考取研究生，成为一名临床心理医生的话，或许父母也会认可他……

然而人生从来不会一帆风顺。明不幸染上流感，在研究生入学考试中落榜了。

这样一来，加上二战共计有3年的空白期，因此没有公司录用他。已经毕业3年之久的明如今一边在某家书店兼职，一边以自由撰稿人身份写稿。月收入15万日元，谈不起恋爱，"总之是不可能的"便自我放弃了。

"我明白，一旦失败就不可能再爬起来了。能力有限啊。"

"入职第一年用力过猛，被整惨了。"靠兼职家教和补习班老师谋生的光太郎（24岁）苦笑着说。

光太郎与明一样，也在热衷教育的母亲培养下长大。从小学一年级开始，生活就被各种培训班和英才教育所填满，几乎没有与朋友玩耍的记忆。不过，功夫不负有心人，他考入一所著名的私立中学，又直升进入了附属高中。

光太郎的性初体验发生在高一，对方是他在Mixi上认识的外校女孩。

"这是我男朋友。"女友一有机会便会把就读于知名私立学校的光太郎介绍给她的女性朋友们。但光太郎讨厌那样，因为那个备受好评的只是在父母与女友面前扮演"好孩子"的虚伪的自己。恋爱谈得也快快不乐。

结果，他的成绩只够升入初高中直属的大学。起初，他总是无精打采的。然而在大二时，他结识了一群值得信赖的朋友。光太郎可以与他们通宵达旦地讨论自己专攻的法国文学。他不顾父母的反对，与他们一同去尼斯参加语言进修，3人同住一个房间，"我第一次有了突破自我的感觉"。

凭借这一势头，他在就职活动中获得了4家公司的工作内定，最终进了梦寐以求的贸易公司。

但在进入公司的第3个月，他便因压力性胃炎而病倒了。大概是因为培训期间公司发现了光太郎的"能力"，让他独自与有时差的海外公司交涉业务，影响到了身体吧。胃炎最终发展为胃溃疡，他不得不做手术、住院治疗。入职仅一年后，他便"逃命似的辞职"了。

从那以后，光太郎一直过着打零工的生活。如今他虽然有一个"似乎在交往又似乎没在交往"的比他大3岁的女朋友，但也谈不上是认真地交往。因为她急着要结婚。

"我没什么可以让她向别人炫耀的。也许恋爱和婚姻对我来说都是痴心妄想吧。"

一旦偏离轨道便无法回头的"希望格差社会"

明也好，光太郎也好，他们都是被父母寄予厚望的男性，分别在高中、大学前走过独属自己的精英之路。如果没有在关键时刻病倒，两人应该都会拥有截然不同的人生。

然而在当今日本，一旦偏离轨道，便很难再回头。尽管从低谷"东山再起"也并非绝无可能，但在那之前，他们会绝望地认为"反正像我这种人做不到""简直是无稽之谈"。那正是如今年轻人的心牢所在。

2004年，中央大学教授山田昌弘在其书中将该现状称为"**希望格差社会**"。

这一说法基于美国进化心理学家尼斯（Randolph M. Nesse）论文中的记述："人们认为努力会得到回报时，便会燃起希望""**但如果认为即使努力也是徒劳时，便会陷入绝望**"。

"正式员工只要努力工作，就可以盼望着升职加薪。如果努力得到了上司和同事们的肯定，也会充满干劲。然而，非正规雇佣者，无论再怎么努力工作，都不会晋升，加薪幅度也微乎其微。反倒可能明天就被解雇，所有的努力都将付诸东流。"山田昌弘如是说。

这就是为何非正规雇佣者无论对工作还是生活都变得心灰意冷。

正如前文所述，三重大学教授南学用"悠然生活的女性"与"容易受社会闭塞感影响的男性"来说明当今男女的恋爱状况。

南学的研究表明，那些不仅不想谈恋爱，而且对恋爱抱有消极态度的男性，尤其容易受到社会闭塞感的影响。

"由于受到长期经济萧条等因素的影响，知难而退、量力而行、轻松生活未尝不是一种幸福的观念已深入年轻人的内心。若他们对恋爱的态度没那么积极，便会认为'没必要谈恋爱''不想通过投资来获得爱情'。"

如此说来，前文提到的明和光太郎，并非毫无恋爱经历的未恋男性。然而过去的经历使他们确信，"恋爱也是精英获胜的一场战役""如果没有正规工作，就无法在女朋友面前挺直腰杆"。他们对于性与恋爱本身，原本便没有好印象。因此才更容易认为"反正我做不到"吧。

那么，1990年代中期的经济萧条究竟对年轻人的"恋爱荒"造成了多大的影响呢？

若说年轻人们第一次近距离目睹社会的残酷，毫无疑问是在求职活动中。

日本最初的就业冰河期出现于泡沫经济崩坏后的1993年。这一年，有效岗位供求比大幅下跌至0.76，远远低于上一年的1.08。直面冲击的是初高中时代起便看着泡沫世代的父辈，期待着"长大成人后，会有有趣的东西等着自己"的团块次代（如今39—44岁）。他们中大多眼看就要长大成人的时候泡沫经济破灭，丝毫没有尝到甜头，又称"不走运的一代"。

此后，受亚洲金融危机（1997年）与美国9·11恐怖袭击事件（2001年）的影响，该比率始终维持在"零点几"水平。2006年，该比率久违地突破了"一点"大关，2008年雷曼危机爆发后再次急剧下降。后来，开始稳定在"一点几"水平时，已经是安倍经济学实施后的2014年了。可见如今25—30多岁的年轻人多数曾置身于何等严峻的求职浪潮之中。

有钱没时间恋爱的正规雇佣者与有时间没自信的非正规雇佣者

随着《劳动者派遣法》的修订，低年收入、非正规雇佣者人数显著增加。该法律1986年开始在部分行业施行，此后经过多次修订（1999年、2004年、2006年），不仅所谓的白领阶层，连制造业的派遣工也在事实上得到了认可。

此后，在泡沫经济繁荣期时仅占3％的25—34岁非正规雇佣男性，2014年增长至17％，即每6人中便有1人为非正规雇佣者。在15—24岁群体中，该比例更触目惊心，46％的男性为非正规雇佣者，几乎接近半数。正是该状况导致了前文所提到的别说结婚、连恋爱也消极面对的"恋爱荒"年轻人与日俱增。

尽管如此，2015年6月，众议院通过了事实上废除企业在同一岗位连续任用派遣员工"期限（最长为3年）"的修正案。日后，如果参议院也通过此案，企业只需更换"负责人（个人）"，便可以在同一岗位永无止境地任用派遣员工。这样的法律哪里能让前途无量的年轻人抱有希望？

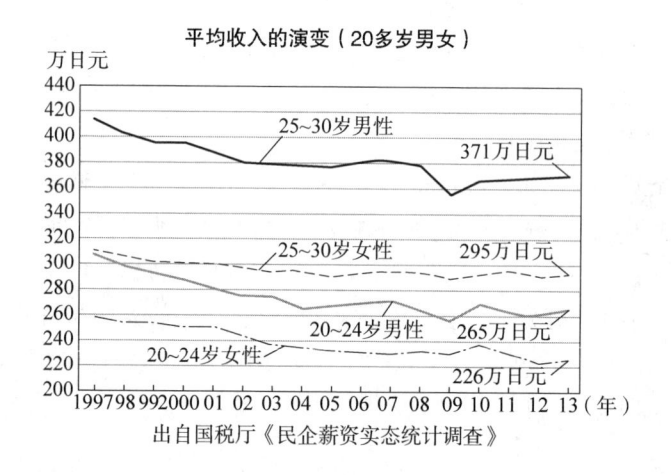

平均收入的演变（20多岁男女）

- 25~30岁男性 371万日元
- 25~30岁女性 295万日元
- 20~24岁男性 265万日元
- 20~24岁女性 226万日元

（1997—2013年）

出自国税厅《民企薪资实态统计调查》

受经济萧条影响，20多岁男性的年收入也开始走下坡路。周一至周五全职工作的男性平均年收入在1997年是360万日元，2009年（雷曼危机后）降至306万日元，降幅高达50万日元以上（国税厅）。

"非正社员"的情况更加不堪入目。截至2014年，上述年龄段男性的平均年收入仅为186万日元，平均月收入大约15.5万日元（2015年/厚生劳动省）。这意味着他们连约会的花销都负担不起，更不用说婚姻生活了。

本次调查中，问及"为换取爱情可以失去什么"时，回答"金钱"的单身男女占比10%。

中央大学教授山田昌弘表示："我深刻理解为何秉持现实主义的年轻人会认为恋爱不符合'性价比原则'。"

我在 2015 年 2 月接受《每日新闻》采访时，也介绍了年轻人认为"恋爱不符合性价比原则"的想法（2 月 4 日）。**如今 20 多岁的年轻人，大多不愿意在不确定的事物上花费时间和金钱。想必不确定性最大的便是恋爱吧。**

如今的时代，是"正社员"也无法安稳度日的时代。

支撑着经济高速增长期及泡沫期"拼命型员工"的终身雇佣制度，事实上于泡沫经济崩坏后的 1990 年代中期近乎崩溃。进入 21 世纪后，以制造业为中心，各行业进行了大规模重组。截至 2014 年，共计 1324 家企业中的 231558 名员工"自愿提前退休"（2014 年/东京工商业调查）。

当然，年轻一代也未雨绸缪地担忧"或许明天就会轮到自己"。PRESIDENT 杂志对"正社员"展开某项调查（2009 年）的结果显示，20 多岁年轻人中"非常（多少有些）担心自己会被解雇"的人大约占四成，比例相当高。

不仅如此，即使有女朋友，也认为"约会不如加班"的年轻人同样不在少数。

自昭和四十年代后半期起（1970 年开始），每年都会对新员工进行问卷调查。日本生产性本部的调查结果（2014 年）显示，八成以上的男女"放弃约会去工作"。或许是因为受到了工作与生活平衡的影响，近年来"对私人生活（约会）的重视"略有增长，但即便如此，"拒绝加班去约会"的占比仍不足二成。

顺带一提，该调查结果还显示出，"晚五男"① 在全盛期的泡沫经济时期（1991 年），约会派的占比是如今的 2 倍，达到四成。对于

---

① 出自 1987 年营养饮料电视广告中高田纯次的一句广告词，指到了 5 点下班时间（当时公司大多 5 点下班）就变得精神抖擞，玩时比工作时活跃的男性公司职员。该词 1988 年获得流行语奖。

不谈恋爱的年轻人

男性"正社员"来说,经济环境也极大地影响了他们的恋爱生活。

"在日本,金钱略宽裕的人太忙,没时间谈恋爱,而没钱的人虽然时间充裕但缺乏自信,同样无法恋爱。"山田昌弘如是说。

简直是至理名言。为了改善这种现状,调整男性工作时长、平衡工作与生活,或许会有效减轻其工作负担,以便他们能够专注恋爱吧。

的确如此。人们常说,日本的工作时长总也不见缩减。

尽管泡沫经济崩坏后,雇佣者个人的工作时长看似有所缩减,事实上却不过是兼职工等短时间工作人数增加的结果。

从雇佣者整体的"总工作时长"来看,泡沫经济时期(1991年)约为2100小时,2000年约为2000小时,2012年几乎是在原地踏步。(内阁府)

该现状未必因为大家都热衷工作或者"希望得到上司的认可"自愿加班,而是与"加班费"密切相关。

从厚生劳动省发布的"月度劳动统计调查"来看,以"加班费"为核心的规定外收入额在1995年时大约为25万日元,到了2013年时已超过30万日元。这一部分规定外收入在总收入中所占比率,与1995年的5%相比,2013年已增至近7%。

归根结底,原本也有人希望少加班,将精力投入约会与婚活之中,然而他们不得不在某种程度上加班以保住一定的收入……

在此,经济萧条同样是使得如今年轻人试图远离恋爱的原因所在。

男性的矛盾:既想娶事业型的妻子,又喜欢家庭型的可爱女性

另一方面,女性的情况如何呢?

仅从前文所列举的内阁府调查(2010年)来看,女性的恋爱情

况并没有如男性般被年收入与雇佣形式所左右。

20多岁"无交往对象、零恋爱经历"的女性中，相对于正规雇佣占比的10%，非正规雇佣大约是其2倍，占比21%。"无交往对象"的女性比例在正规与非正规雇佣人群中并无二致。至于"结婚"情况，非正规雇佣女性的结婚率甚至略高一筹。

加之近来在热播剧中，"久违恋爱"的20至30多岁女性索性被善意刻画成"**大叔系女子**""**干物女**①"与"**恋爱啃老族**"等形象。如此女性观众也更容易产生共鸣"是啊是啊""我也是这样的"，因而丝毫没有悲壮的感觉。

然而，女性正面临着与男性截然不同的困境。

和泉（24岁）是一名体育老师，从未交往过男朋友。她留着一头短发，像个男生，初高中时期在女校一直是篮球队主力，很受学妹欢迎，还曾在情人节时收到过12块巧克力。

但是当和泉进入体育学校后，周围清一色都是男性。和泉总是被他们戏弄："你对男人感兴趣吗？！"在为数不多的女性中，受欢迎的无一不是可爱又有女人味，集训时还会做高颜值便当的人。如此明显的差别对待更让和泉确信"果然男人都是白痴"。

毕业后，目前和泉在一家健身房担任健身教练。由于七成会员是男性，受欢迎的显然还是"有女人味"的女教练。在会员当中的受欢迎程度与工作评分密切相关，如果将头发留长些，再化上妆，或许评分会有所提升。

"我不想为了业绩向男人献媚，但确实觉得自己吃亏。如果过了30岁，我还是这样（没谈过恋爱）的话，百分之百会成剩女。"

和泉是一个非常有上进心的人。在担任健身教练的同时，她还在

---

① 指放弃恋爱，以对自己而言懒散舒适的生活方式生活的女性。

努力备考会计和医疗管理资格考试。"如果没有一技之长的话,我会恐惧未来。"

尽管如此,"无论我有多少资格证、多么独立,也完全不会给我的女性魅力(恋爱力)加分"。"男人宁愿选择不独立的女人。"和泉苦笑着说。

很遗憾,调查数据上同样清晰可见。

当问及"喜欢什么类型的女性"时,最令 20—26 岁单身男性心动的"温柔、包容"(61%)、"家务做得好"(58%)、"长得漂亮"(54%)三种类型,无一不是近似"金麦女"的形象。当问及"想和什么样的女性交往"时,回答也是如出一辙。

相反,仅有一成左右的男性希望与"工作能力强""收入高""有地位、有名望"的女性交往。每 3 名男性中只有 1 人心仪独立女性(2014 年/R&D)。

即使在如今男女平等的时代,男性仍然偏爱"漂亮""有女人味""家庭型"的女性。在这里,男人们自相矛盾。

某女性杂志的调查结果显示,如今 25—39 岁男性中九成以上希望"未来的妻子也能工作"(2011 年/*CREA* 文艺春秋)。他们的真实想法是如果妻子一点儿薪水都不赚,仅凭自己一人恐怕无法养活整个家庭。

然而,前文也提到他们所追求的"恋爱"对象主要是"有女人味"的女性。虽然这么说多少有些露骨,但比起和泉般为自己未来考取资格证、"不想献媚"的上进型女性,男性的确更喜欢穿着淡粉色连衣裙参加联谊、宣扬自己"正在上烹饪课"的女性。

因而,对恋爱心灰意冷的女性会认为"傻瓜才恋爱""男人就像白痴"。

单身寄生族男女难以恋爱的真正理由

还有一点,"寄生"也是如今年轻人难以步入恋爱的原因之一,尤其是女性。那是一种与前文提到的"超恋父母现象"相关联的,直到结婚为止一直与父母同住的生活方式。

国家第三方机构关于"单身寄生族"演变的调查结果显示,从泡沫经济时期来临前的1987年起到前一段时间为止,男女(18—34岁)"寄生族"的占比都几乎没什么变化,男性大约70%,女性大约75%。(2010年/国立社会保障·人口问题研究所)

但最近,人们开始关注不同"雇佣形式"下的同居率差异问题。前文提到过"女性的恋爱情况并没有那么受年收入与雇佣形式所左右"。然而,**在与父母同住的未婚女性中,非正规雇佣者明显高于正规雇佣者。**

截至2010年,在未婚女性中,与父母同住的女性平均占总体的77%。若将范围仅限于做派遣工作、家政服务、打零工和兼职,便会多出大约一成,寄生族占86%左右。

众所周知,近年来未婚率急速攀升。1980年时占比为51%的20多岁女性未婚率,2010年时上升至75%,实际增量近25%。

不仅如此,近来非正规雇佣女性人数同样急剧增多。1990年,15—34岁女性每4人中有1人为非正规雇佣者,2010年时,该比例已然翻倍,大约每2人中便有1人(总务省)。2014年时,三分之一的职场单身女性被视为**"贫困女性"(年收入低于114万日元)**,该表达也逐渐为人所熟知。"单身不等同于优雅贵族"的现状初露端倪。

中央大学教授山田昌弘指出:"如今的寄生族们与1990年左右时情况有所不同。"

正如前文所述,如今20—34岁的单身男性,近三成年收入低于

200万日元。从父母的角度而言，他们不可能对由于非正规雇佣、收入一成不变、生活在水深火热中的"贫困寄生族"孩子说出"赶紧去独立"之类的话。想必这些孩子根本无法独自生活吧。

同时，对于生活稍微充裕的"小富寄生族"来说，与父母一起生活也比与恋人同居更具吸引力。除了无法满足性等生理需求以外，在父母身边比离开家与恋人同居更快乐。因为某种程度上还可以过上更充裕的生活。

如今通情达理的父母越来越多，年轻人无论在金钱方面还是生活方面，与父母同住都大有裨益——既能够避免无端的争吵，还能够获得内心的安定。

前文中恋父母一族的大学生艾米莉曾说过："比起在男友身旁，与妈妈一起时更让我心动。"为了未来的发展，她也在考虑与男友同居，只是一想到同居后的"生活"就心烦意乱，连恋爱都无法投入了。

"因为现在一日三餐也好，打扫房间也好，几乎都是我妈妈在做。但如果跟男朋友同居，他肯定会认为'女朋友做这些是理所当然的'吧。那样的生活可比现在糟糕多了。"本次采访的20多岁女性也大多是单身寄生族。与艾米莉一样，多数人想到婚后的家务，便会脱口而出"大概会很烦吧""很累吧"。这也难怪，我们以前与积水住宅进行联合调查时也发现，九成以上的二三十岁女性寄生族几乎不做家务。

另一方面，男性寄生族有着截然不同的烦恼。

例如，同样在前文中提到过的俊夫。尽管他父亲总是对母亲居高临下，对他却通情达理。尤其令俊夫开心的是，父亲支持他的爱好。

俊夫20岁时，父亲为喜欢摩托车的他改建了车库旁的空地，让他可以"自由使用"。当他晚上在房间里听音乐时，母亲唠叨他"早点睡觉吧",可父亲却说"看似浪费的时间也很重要",还时不时给他零花钱买 CD。

"我无法忍受因同居或结婚失去追求自己爱好的自由。"他斩钉截铁地说,如果连那种快乐都不能拥有,工作的动力也会随之消失殆尽。

通常情况下,不愿谈恋爱的男性似乎都不愿意失去他们的"爱好时间"。

在某项面向没有交往对象的男性调查中,也存在超过四成的受访者表示"不想与女性交往"的理由是"想将时间花在兴趣爱好上",相较于排在第二位"与同性朋友一起时更快乐"(19%)的占比高出一倍以上,稳居首位(2014 年/日本法律资讯)。

即便如此仍想结婚的理由是……?

与父母同住比与恋人同居更快乐。同居或者结婚意味着要承担更多的家务、占用自己兴趣爱好的时间,太可怕了……但如果问现在的年轻人是否想未来永远不结婚,答案是"NO"。

近九成年轻人坚信自己"总有一天会想结婚"。特别是近年来,以年轻男女为中心"希望尽早结婚"的愿望日益显著。

为何不向往同居与婚姻生活的年轻人会执着于"结婚"?

兵库教育大学助理教员永田夏指出:"这是因为如今的日本社会对没成家的人不利。"

当然,"男女经历结婚生子才能独当一面"的"大环境"问题仍然存在,但除此以外在社会制度(保障)方面,单身人士的待遇普遍不如已婚人士。其中,像没结婚继续工作的女性、找不到好工作的男性、缺乏恋爱经历的男性等离所谓的"成家"十万八千里的男女,在社会中尤其容易感受到压迫。永田如是说。

另外，众所周知，近年来"单身焦虑"同样备受瞩目。

2004年，我在拙著《男性不知道的"单身贵族"市场》（日本经济新闻出版社）一书中，表达了对职场单身女性的积极看法。托大家的福，第二年该书最终入围了该年的年度新语·流行语大奖。两年后（2007年），社会学家上野千鹤子出版了《一个人的老后》（法研）。大众对于单身（未婚）人士的积极看法暂且持续了一段时间。

然而，2008—2009年"婚活热潮"来袭，紧接着2010年NHK综合频道播放的《无缘社会》（1月6日—2月11日）引发了热议，舆论掉头转向"一辈子单身太可怕了""果然还是得结婚"。

想必是2011年3月发生的东日本大地震起到了决定性作用。以此为契机，"家庭纽带"被大肆呼吁，"家人重于一切""孕育生命是件伟大的事"之类的想法深入人心。

2013年，第一生命经济研究所发布的《生命设计白皮书》也显示出，"想要日后加强陪伴的人"占压倒性第一位的是家人（71％）。与2001年（63％）相比，提高了近一成。东日本地区男女对家人的呼声尤为强烈，较其他地区（69％）多出5％，高达74％。

在消费领域中亦是如此。震灾过后，家人，甚至包括祖父母在内的二代、三代消费备受瞩目，人们热衷于创造家人的共同回忆，纪念日消费现象节节升温。最近，就连婚礼上也不仅是新人，而是"全家"一起切蛋糕的现象正在成为常态。

大概其背后也隐藏着前文所提到的20多岁年轻人特有的想法，即"无论发生什么，家人永远不会背叛自己""父母和亲人才是最后的堡垒"。

此外，那些认为"如今并非像泡沫世代般无忧无虑谈情说爱的世道"的年轻人，唯独对结婚持乐观态度。究其原因，或许与他们对我们泡沫世代"反泡沫""反败犬"① 意识有关。

我虽说在 30 岁时结了婚，但婚后忙于工作，错过了生育的最佳时期，算是败犬中的一员。真正的泡沫世代女性（45—50 岁）是得益于《均等法》的第一代人。在职场中不输男性工作麻利的她们被视为"女强人"。因此，不少女性过了 30 岁后仍专心于工作，不知不觉便错过了适婚适育期。这便是被称为"败犬世代"的原因所在。

然而，现实是残酷的。未婚女性一旦超过 35 岁，结婚的可能性大约仅有一成（总务省）。这便是经济评论家胜间和代所主张的"35 岁单身界限说"。加之女性过了 35—37 岁的年龄段之后，怀孕的概率也会急速下降。拖得越久，情况就越严峻。

"35 岁仍未婚的男女会认为'事已至此''不愿将就'，决心等待着逆风翻盘。然而实际现状却是，错过适婚期的时间愈长，被卷入的竞争便愈加残酷。"（永田）

前文中所提到的"榜样的缺席"不仅仅是针对父母。悲乎，年轻一代无论在职场上，还是身边，都很少能找到让他们"想成为那样"的前辈。相反，"不想成为那样"的父辈们却不计其数。

不愿成为"温和的叛逆者"

还有一点，说句不太恰当的，本次受访的年轻人多数表示"担心成为那类人"，即所谓的不良青年，以及博报堂品牌设计青年研究所的原田曜平所命名的"**温和的叛逆者**"。

---

① "败犬"是日本人对过适婚年龄而未婚的女性的贬称。出自女作家酒井顺子 2003 年年底的畅销书《败犬的远吠》。书中提到"美丽又能干的女人，只要过了适婚年龄还是单身，就是一只败犬；平庸又无能的女人，只要结婚生子，就是一只胜犬"。

比起大城市的中心，他们更愿意住在郊区或外地，喜爱当地的艺人、歌手组合 EXILE 和安室奈美惠，痴迷汽车、摩托车与小钢珠游戏。早早地结婚，与妻子孩子拥有温馨融洽的家庭（原田曜平著《宅族经济》（幻冬舍新书）。

一般来说，温和的叛逆者们即使年收入低、非正规雇佣，也对恋爱充满热情，早早地步入了婚姻。的确，虽说并非全部，但**也存在部分年轻人即使年收入不高又没有正式工作，仍对恋爱及性持积极态度**。

敞司过去对二三十岁的家庭主妇进行调查时同样发现，与丈夫相亲相爱并对性行为持积极态度的群体，是面向年轻妈妈的杂志 *I LOVE mama*（Inforest/2014 年停刊）的读者们。反过来说，只有她们回答"我爱我的丈夫，每天盼着他回家，为他做饭""每天都想亲吻他"。

当时受访的年轻妈妈大多是 15—25 岁时"奉子成婚"，多数从初高中毕业后就打零工、做兼职工作或全职家庭主妇。她们唤自己的孩子"小宝贝"，将写着"最爱"等字样的与丈夫合拍的家庭大头贴贴在手机上，如此甜蜜的模样令我都有些难为情。她们有许多纯黑色、正红色仙气飘飘的蕾丝性感内衣，并引以为豪，"这些能让孩子爸爸兴奋不已"。

那么，低收入群体是否也普遍有恋爱热情呢？

很遗憾，据我所知，目前没有关于年收入与恋爱热情之间关系的调查数据。但若干调查研究表明，年收入与性生活频率以及伴侣间的感情息息相关。

例如，早前由生命保险与金融服务专家所组成的 MDRT[①] 日本

[①] 百万圆桌会议（The Million Dollar Round Table，简称 MDRT），全球寿险精英的最高盛会。

会，面向 30—40 多岁工薪阶层夫妇进行调查（2008 年）。结果显示，当问及"你爱另一半吗"的时候，年收入低于 300 万日元的夫妇有 48％回答"爱"，而同样的回答在年收入 800 万—1000 万日元的夫妇中仅占 33％。另外，每日接吻的夫妇占比与夜晚行房（性）的次数均呈现出年收入越低，数值越高的趋势。

为何会出现如此情况呢？

驹泽女子大学教授富田隆在《读卖新闻》中指出："尽管（低收入男女）感受到了经济压力，但为了维持婚姻生活，他们愿意用'即便如此也依然爱着对方'来试图说服自己。"（2008 年 1 月 4 日）

的确，从当时采访的年轻妈妈中同样可以看出，她们每天花时间准备爱心便当、自制晚餐，归根结底是出于"经济上的窘迫"。

她们大多在业务超市购买冷冻鸡肉（以公斤为单位）和低价的冷藏乌龙面，稍做加工，想方设法地维持体面。在采访中她们也表示："好爱孩子他爸！"但仔细观察她们的手臂与后颈，便能发现几名女性身上都留有像是被殴打后的淤青。虽然不能一概而论，但女性过早结婚生子，或许意味着将会面对更多艰辛吧。

事实上，在早婚群体中，"离婚"同样占据压倒性多数。

厚生劳动省的某项调查结果显示，2010 年时 30 多岁夫妇的离婚率仅占 15％左右，而在 25—29 岁夫妇中该比率超过二成，在 20—24 岁夫妇中高达近五成。尽管如今 20 多岁年轻人的父母一代离婚率没有如此明显，但在父辈们结婚前后的 1995 年时，20—24 岁年轻夫妇与 30 多岁夫妇之间的离婚率差距仍高达 3 倍以上。

离婚理由是"金钱相关（低年收入）"的案例也不少。

新闻周刊 AERA 与 Macromill 市场调查公司协力调查的结果也显示出，女方离婚的首要原因是"金钱问题"（49％），领先次位原因"爱情消失殆尽"一成以上（2010 年 11 月 22 日号）。

生活越贫困，越容易走向离婚，结婚越早，离婚率越高……在本次采访中，近距离目睹了身边早婚夫妇走向离婚的 20 多岁男女一致认为：

"迷上恋爱，20 岁就草草结婚的话太可怕了。"

"我跟那些不良青年可不一样。不会年纪轻轻就被爱情冲昏头脑去怀孕生孩子。"

格差社会孵化出的切实恐惧

法国经济学家皮凯蒂（Thomas Piketty）指出，近年来，尤其得益于科技的发展，简单重复性劳动被信息技术（IT）所取代。即使同为白领，技术工作者与内勤（在日本主要是兼职和派遣员工）之间的工资也已经出现了巨大差距。

加之日本目前年轻一代多为非正规雇佣者，他们正承受着越来越多的压迫。

中央大学教授山田昌弘表示，在美国，正式员工与非正式员工的待遇几乎无差别。即使是管理岗位的正式员工，只要公司不再需要，也会存在立即被解雇的可能。相反，即使是兼职员工，只要能力超群，便可以扶摇直上。哪怕是自由职业者，收入高于正式员工的也比比皆是。

也有些大人煽风点火地说："日本年轻人也触底（非正规·低年收）反弹、咸鱼翻身不就行了吗？"

然而，当今的日本社会，**弱者们甚至从一开始便认为自己出人头地的愿景"总归是天方夜谭"，即出现了前文所讲述的"希望格差社会"。**

以下是一些有趣的研究结果。

我们先来看看经济学家梅丽莎·S. 科尔尼（Melissa S.

Kearney）和菲利普·B. 莱文（Phillip B. Levine）的论文。他们聚焦于美国各州10多岁少女怀孕率的巨大差距，调查研究"收入差距"对10多岁少女怀孕率的影响。

若干研究表明，一般情况下，原生家庭贫困的年轻人往往性经历更早。其背后隐藏着年轻人"留恋肌肤的温暖"，抑或是（尤其女性）"通过作为性伴侣被需要，来确认自身存在价值"的内心想法。

他们同样关注年轻人在性行为中是否采取防止意外怀孕的"避孕措施"，发现在收入差距大的州，青少年女性（13—19岁）怀孕（不避孕）比例更高。另外，从"贫困女性20岁之前的生育比例"来看，收入差距大的州比差距小的州高出5％以上。

在此基础上，两位研究者的判断如下：

"在收入差距大的地区，'无论怀孕与否，眼前的艰难生活都不会有丝毫改变''所以，也没有必要专门避孕'一类的绝望在年轻人之间蔓延。也就是说，年轻时怀孕的成本意识正在下滑……"

另一位经济学家本杰明·考恩（Benjamin Cowan）近期发表的一篇论文，研究了公立社区学院①的学费与10多岁青少年性行为之间的相关性。

考恩指出，社区学院学费每上涨1000美元，高中生们"难以拿出这笔学费""反正学习也没有什么意义"之类的想法会相应增强，学习热情随之下降6％。相反，学费每下调1000美元，17岁高中生的性伴侣人数会相应减少26％，留下的少数性伴侣会更受重视。

不仅如此，其他危险行为也有所减少。例如，吸烟率下降14％，嗑药率下降23％。

---

① 一种美国、加拿大等国家的高等院校类型，实行两年制。美国社区学院主要提供两类课程，一类是职业技能型课程，学生毕业之后直接就业；第二类则是转学课程，主要是带学分的通识教育课程，学生毕业之后有机会转到四年制大学。

总之，如果降低社区学院学费，让年轻人怀着"明天会一点点变好"的希望，不那么容易感受到与高收入家庭之间的"差距"，那么，他们便不会对生活敷衍了事，会积极乐观地面对一切。对恋爱和性也不会因为一时兴起，"怀孕了也无所谓"，他们会积极地去呵护爱。

但如果学费上涨，差距感受拉大，"反正也……"之类的想法肆意蔓延的话，一时兴起式的恋爱及意外怀孕的概率也会升高。于是，目睹了如此状况的周围年轻人"不想自己落到那般田地"，便开始对认真的恋爱及性本身产生了抵触情绪。

基于以上结果，《爱情市场》（东洋经济新报社）的作者、加拿大著名英属哥伦比亚大学人气讲师玛丽娜·艾德谢德（Marina Adshade）得出结论如下：

"'恐惧'在10多岁青少年性行为的冷静对待方面发挥了重要作用，我也有同感。那是一种（中略）拼尽全力还被落在社会最底层的恐惧"。"年纪轻轻就有了孩子的话，一辈子会越来越穷。它会让年轻人们对待性行为更加谨慎。"（2015年4月3日登载/《东洋经济在线》）

的确，让年轻人远离恋爱的不仅仅是变本加厉的低收入与非正规雇佣。随着贫富经济差距不断扩大，呈现出"意外怀孕"的年轻人有所增长，或者说是"低收入层群体中的部分人意外怀孕"倾向有所增加。于是，中等收入层群体"不想自己落到那般田地"，便也开始远离恋爱和性。

因此而批评他们多少有些不妥。归根结底是格差社会孵化出他们**"只是不想被落在社会最底层""至少想待在如今的位置上"的恐惧与切实的愿望。**

行为经济学用语中也有"损失规避"的说法。

失去 1 万日元的痛苦感远比获得 1 万日元的满足感大得多。因此，人们会为了避免失去而过度保护自己所拥有的东西。

年轻人身处这样一个危机四伏、失去之物不可能复返的世界中，这一态度恐怕会更变本加厉。

在巨大恋爱风险与不良债权已然暴露的现代社会，如果要告诉年轻人"不要害怕""要勇敢地去爱"，那么大人们理应充当中坚力量，创造出一个能够重获失去之物，即使置身底层也可以逆袭翻身的社会。

第二章
恋爱、性、婚姻的历史及世界百态

——恋爱、表白、婚姻水火不容?!

众所周知，日本是世界上排得上名的"性冷淡"大国。

英国某知名安全套品牌公司的调查显示，日本人的性生活次数为年均 45 次（平均每月 3.75 次），位列 41 个被调查对象国的末位。而且，即使与排名倒数第二位的新加坡相比，数量也只有其六成，还不及 41 国整体平均水平的一半，持续跌破新低（2006 年/杜蕾斯公司）。

近来，包括年轻一代在内的夫妻性冷淡化现象显著。某项调查结果显示，超过 1 个月没有性生活的夫妻，男性占 36％、女性占 50％。"工作已经够累了"和"太麻烦了"，分别位列男性和女性的理由榜首。（2015 年/日本家族计划协会）。

那么，日本人是否原本就对性和恋爱不太感兴趣呢？

对恋爱与性豁达大方的平安时代日本人

历史学家兼作家加来耕三认为"情况并非如此。**日本人从《古事记》时代起，便对恋爱与性尤为浪漫豁达**。平安时代，人们在步入性关系以前甚至还有'集体相亲'活动"。

2015 年 6 月 24 日，我在直播节目《素颜！》（NHK 广播第一频道）中与加来先后出场，近距离地听他讲述了日式恋爱、婚姻的有趣

"内幕"。让我来介绍其中的一部分吧。

加来讲述的集体相亲，是指在漆黑的夜晚，男女聚集于相亲场所，通过对歌来吸引对方的注意。由于光线昏暗，无论长得多漂亮、多帅气，也不会因此而加分。最终，相互欣赏吟唱内容的两人会另寻一处空地，在那里确认彼此的心意。

人们常说，当时的人气值可谓与"和歌能力"息息相关。男性也好，女性也罢，如何在受到良好的教育后创作出深入人心的和歌，想必比如今写邮件能力更重要。

据加来透露，似乎当时甚至存在指导人们"这么写可以让女性沦陷""这般举止会博得男性好感"等专门的秘籍。

虽说如此，但确认彼此爱意的性行为终归是恋爱的敲门砖。

像如今的日本年轻人一般，平安时代男女基本也是"居家约会"。除了集体相亲之外，都是男性去女性家"夜访（走婚）①"，女性掌握着决定权。直至平安时代为止，日本一直是男性入赘到女方家的"娶婿婚"形式。因此即便丈夫有些许收入，他的衣食住也全部得由妻子家负担。

在决定两人命运的第一夜，为了让女方满意，男性必须在清晨鸡鸣前的漫漫长夜里使出浑身解数。想必压力巨大。"他们肯定看了秘籍吧。"加来耕三猜测。

如若顺利得到女方欢心，"第三夜"仍被允许夜访的话，一段良缘便修成正果。不等男性准备正式的表白与求婚，女方家便会设宴，将男性介绍给女方家人"多多关照"。赘婚生活从此开启。

听到入赘，大家或许会觉得"丈夫也太没面子了"，但当时是"一夫多妻制"，真是令人气愤，丈夫们可以堂而皇之地出轨。平安时

---

① 又称"访妻"。是日本母系族组织和观念尚未瓦解状态下的产物。

代的人气男藤原道长除了正妻之外，还有几个妻子，似乎也经常出入那些女性家。

不过，当时**女性同样可以在结婚前接受多名男性的夜访，贞操观念暧昧不清**。据说怀了孩子却不知亲生父亲是何人的情况也时有发生。如此说来，平安时代的男女在某种意义上可谓豁达大度、"半斤八两"。

两人结婚后一般要"共同劳动"。对于老百姓来说，男人耕田、干力气活，女人织布等，各司其职、相互扶持着生活。加来如是说。

这种平衡在镰仓时代被打破，武家社会拉开了序幕。

恋爱婚姻分离、女性地位低下的镰仓时代武家社会

镰仓时代，武士身份的基本单位是"家"，"家"是以"父系继承"为基础的。男性嫡长子要继承家族的地位及财产、户主的身份，因此即便结婚也不能离家。于是，"嫁娶婚"取代了"娶婿婚"，逐渐成为主流。后来，直至明治时代，"嫁娶婚"一直占据着压倒性多数。

加来耕三指出，不仅如此，在有权有势的武士家族中，婚姻转变为比起恋爱感情更注重"父母政治算盘"的**政治联姻**。已然失去了通过和歌及夜访来吸引对方，试图将恋爱与婚姻相连的浪漫想法，**所谓"先结婚后恋爱即可"的婚姻与恋爱分离**，与金钱相连的"无情"态度开始生根发芽。

多数研究者认为，"嫁娶婚""最终导致了女性地位的下降"。究其原因，女性不仅沦为政治联姻的道具，男性的附属品，连财产也掌握在丈夫和娘家手中。

顺带一提，据说镰仓时代甚至出现了以显赫的贵族与士族为中心的一对一相亲。还出现了类似于现代媒人的"仲媒"，主要帮助没落的贵族与身陷政治纠纷的女性寻觅良人。

江户时代，武士的婚姻形式同样以"嫁娶婚"为主。

随着父权制进一步加强，以家为中心缔结婚姻约定俗成，媒人随之在各处遍地开花。到了江户时代后期，近似现代的相亲结婚形式已经遍布日本全国。

豁达大方的"平安型恋爱"在江户时代百姓中再现?！

而另一方面，在占大多数的**农渔村中，存在着相对自由且豁达的恋爱及性关系，寻常百姓间夜访再次出现。**

民俗学家赤松启介在其著作中分析了夜访再现的原因："或许是因为此前的战国时期出现了大量人员伤亡，村落共同体难以存续。"尤其是在以农业为主的封闭乡村社会中，"劳动力（人手）"重于泰山。村民们认为只有团结一致鼓励年轻人结婚生子，村落才能安稳存续（《夜访民俗学·夜访性爱论》，筑摩学艺文库）。

书中还记载着：

父母、兄姐有时会要求自己的儿女、弟妹们以夜访的方式经历初次性体验……

换言之，在当时的乡村社会，大人们会齐心协力地帮助年轻人"经历初次性体验（失去童贞或处女之身）"，**作为所谓的恋爱支援和性教育。**

武士由父母或媒人介绍结婚对象，而百姓则靠百姓，村长与村里乡亲会在性教育和初次性体验的对象方面助他们一臂之力……"真不错啊！"或许也有部分单身男性会心生羡慕吧。的确，据说当时的农村地区几乎都是"全民皆婚"的状态。

然而，城市地区却迎来了"大单身时代"。享保六年（1721年）的人口普查显示，当时江户（现东京）人口的男女比例为 100 比 55，男性占压倒性的多数。人们普遍认为是由于担心生活水平下降,"堕掉"许多女婴所导致的。另外,也有不少单身男性从乡下来大城市打工赚钱。**在男性如此过剩的社会中,江户男性(16—60 岁)的未婚率实际高达 50%**(2006 年参议院第三特别调查室)。

此外,由于江户的年轻人大多是外来务工人员,他们不属于士农工商中的任何阶层,所以绝大多数是无家业可继承的自由职业者。加之其中半数人未婚的话,想来或许空气中都弥漫着凄凉,然而事实并非如此。那些男性单身贵族会聚一堂、在大杂院似的长屋里谈笑风生的模样,从历史作家堀江宏树的文章中可见一斑(2014 年 11 月 28 日登载 *Mynavi woman*)。

堀江宏树的文章中展现的更令人震惊的现象是,当时不仅男性,甚至在平民女性中,一种公认的将恋爱当作"游戏"的文化色彩也极其浓郁。

当然,在武士家族的世界里,相亲结婚乃是主流,对待所谓的"出轨"也变得异常严厉。想必是因为如果继承人是出轨对象的儿子就不好办了吧。因主角阿岩而为人熟知的《四谷怪谈》中,也上演了她因被诬与人通奸,尸体被钉在门板上的一幕。

但寻常百姓,**即便是出身相对富裕的女性**,结婚之前似乎也抱着**尽情玩乐的态度,认为"恋爱与结婚是两码事"的想法尤为引人注目**。在财力允许的情况下,甚至会出现女性包下钟意的英俊男子,与其共度一夜良宵的"包名角"情况。想必是因为动乱时代过后,天下终于太平,人们也有富余享受恋爱了吧。

的确,描写该时期的历史小说和历史剧中有不少"江户的未婚商家姑娘在镇上庙会或戏院里与男子一见钟情"的情节上演。严格来讲,当时似乎并不允许年轻姑娘在街上悠哉游哉地闲逛,但在庙会等活动中,翩翩少年"搭讪"心仪女子之事也时有发生。

顺带一提，多数说法认为，当时的搭讪方式是男性在混杂人群中掐女性臀部。女性虽然嘴上说着"真是够了"，但若是遇到心仪的男性，也会愉快地跟过去。由此，一场新的爱恋便开始了……似乎饶有一番情趣。

大正浪漫是性、恋爱与婚姻三位一体化的开端

日本人的恋爱观发生巨大变化是在明治、大正时代。

这一时期，男女在源自西方的大正浪漫与旧式"父母和世俗眼光"之间摇摆不定。

我在第一章中写到，欧洲的"浪漫爱情意识形态"（性、恋爱与婚姻的三位一体）于战后经济高速增长期扎根日本。但其概念与理想似乎在明治时期早已传入。想必其契机是明治维新与印刷术的进一步发展。

尤其是印刷术自明治二年（1869年）传入长崎后迅速普及，到了明治十年（1877年），几乎已覆盖日本全国。明治十五年（1882年）以后，铅版材料价格稳定降下来，百姓也可以通过报纸和书籍了解到一部分西方文化（凸版印刷，《印刷博物馆》）。

说到明治时代在书中直抒浪漫爱情的人，非北村透谷莫属，他既是诗人，也是一名评论家。受新英格兰思想影响，他在诗论《厌世诗人与女性》中描绘了**将"恋爱"作为人类最高价值的恋爱至上主义理想状态**。其中"恋爱乃是解锁人世间的秘钥（秘方）"一语因对后世作家影响深远而举世闻名。

大正时代，日本的英国文学研究者厨川白村受到了北村透谷与瑞典女性思想家爱伦·凯（Ellen Key）的强烈影响。

他在以"Love is best（爱情至高无上）"为开篇的《近代的恋爱观》一书中，将恋爱描绘成"蕴含着经久不衰的生命力"之物，并提

出**恋爱必然与婚姻、性和繁衍结为一体**的观点。另一方面，他将恋爱以外的择偶行为视为罪恶，指责没有爱情的相亲结婚是"卖淫婚"，不过是行"畜生之道"，在社会上引起轩然大波。

无独有偶，庆应义塾大学经济学副教授大卫·诺特（David Notter）也将浪漫爱情定义为"明治时代传入日本、以婚姻为前提的纯爱"（《纯洁的近代》，庆应义塾大学出版社）。

我深深理解当时的男女，尤其是女性对于浪漫爱情的憧憬。

截至江户时代，人们一直认为"结婚是为了家庭""服从丈夫是理所当然的"，而浪漫爱情意味着他们可以自由选择与自己"喜欢"的人恋爱并结婚（即恋爱结婚）。这大概同样也意味着女性的社会解放吧。

在相亲结婚现实与浪漫爱情憧憬的夹缝之间

不过，在现实中，"相亲结婚"仍然是这一时期的主流。当时，由于报纸的普及，"征婚广告"应运而生。人们在广告中刊登上自己的个人条件以及对伴侣的期望要求，试图寻找相亲和结婚的对象。除此之外，明治十七年（1884 年），"渡边婚介所"在东京日本桥成立，媒人成为一种专职工作，被称为"高砂业"①（中山太郎著《日本婚姻史》）。村落共同体已然崩坏，因此人们很难仅凭地缘和血缘关系找到婚姻伴侣。

明治三十一年（1898 年），效仿近代西方制定的《明治民法》开始实施，将在此之前一直托付给村落和"家"的婚姻纳入法律管辖范

---

① 日本著名能舞《高砂》讲述了一个"相生松"的故事——相传高砂的一株古松和住吉的一株古松是夫妇相生松，但高砂、住吉两地相隔遥远，很多人对此不解。有一次肥后国阿苏神社的神主友成在高砂游览时，遇见一对老夫妇边赏景边打扫树荫下的杂物，于是上前询问。老人回答是夫妇爱情跨越了地域的界限，这两位老人正是高砂和住吉的松树精。至今日本的婚礼还有演唱谣曲《高砂》的习俗，意在祝福夫妻二人白头偕老。

围，并采用了武士阶级的继承思想与"一夫一妻制"作为国家制度。仅凭此点会让人产生错觉，误以为民法在提高女性地位与实现她们所憧憬的浪漫爱情方面发挥了作用。

然而，无论恋爱结婚多么理想化，在现实中也无法与相亲结婚相提并论。在那个时代里，男女仍未受到平等对待，男性依旧可以公然出入花街柳巷、迎娶妾室。

尽管民法也在形式上规定结婚年龄为"男性17岁、女性15岁以上"，但另一方面又要求男性30岁、女性25岁之前结婚需征得父母的同意。在那个平均寿命低于如今的时代里，想必25—30岁也已远远超过适婚年龄了吧。然而即便如此，结婚仍要征求"家（户主）"的同意，"违抗父母，恋爱结婚"几乎是不可能的。

在这种大环境下，明治三十四年（1901年），诗人与谢野晶子将与后来丈夫铁干的不伦之恋坚持到底，横刀夺爱，并写下一首诗歌颂那段恋情，名为《乱发》。

"柔肌热血无所动，君讲道德寂寞否？"

这部以热情奔放的诗歌而闻名的作品，主要受到了女性的欢迎，但同时也受到社会对其"不道德"的抨击，是明治时代理想与现实背离的一例。

进入大正时代以后，受上述白村等人的影响，恋爱至上主义的原型得以确立。

从那时起，恋爱结婚开始在部分阶层中成为现实，现代家庭的基础逐步奠定。在家里举办的婚礼仪式有所减少，但与此同时，人们开始在婚礼中增设娱乐环节，神前式婚礼仪式结束之后的宴会逐渐转战至餐馆或酒店举行。

大正十二年（1923年），因关东大地震的爆发，许多神社被烧毁。东京帝国饭店以此为契机开始在酒店内部供奉多贺神社，并相继开设了美容院与照相馆，还为失去婚礼场地的新人举办了从仪式至婚宴的整个过程都在酒店内的婚礼，成为"酒店婚礼"的原型（2015年3月10日登载瑞可利"Jalan"帝国饭店设施博客）。

　　大正浪漫向世人展示了恋爱的美丽、曼妙。其代表性文化人物有小说家有岛武郎、剧作家岛村抱月、女演员松井须磨子、诗人北原白秋、画家竹久梦二，以及因名言"女性原本是太阳"而为人所知的思想家平冢雷鸟等。

　　不过他们因为对爱的过度追求而酿成的悲剧也太过出名了。

　　例如，有岛与女性杂志《妇人公论》的记者殉情、须磨子追随抱月自杀、白秋被指控与他人之妻通奸。除此之外，雷鸟与夏目漱石的弟子（已婚）殉情未遂、以恋爱经历丰富著称的梦二深陷与同居女性叶的恋爱迷途而自杀未遂⋯⋯

　　将"恋爱"作为人类最高价值的浪漫爱情盛行，导致许多文化人失踪、殉情、自杀、吸毒和自残等情况时有发生。

　　不仅如此，如若推崇包含性在内的自由恋爱，意外怀孕也会愈演愈烈。

　　明治元年，虽然政府出于富国强兵等考虑，颁布了禁止堕胎的法令，但此后仍然有不少堕胎手术在暗中进行。大正末期，有报道揭发了大阪当地医院、制药公司与旅馆串通勾结，进行大规模堕胎手术（1926年/《朝日年鉴》）。

　　总而言之，大正时代**"自由恋爱与'风险'并存"这一无法回避的事实，已然尽数暴露于光天化日之下。**

"幸福家庭"优先于个人恋爱感情的"友情婚"

　　事实上，对前文提到的厨川白村赞美恋爱的著作《近代的恋爱观》，世人的评论也无外乎"女性在结婚前要守住贞操"这一自古以来的性规范。无独有偶，在明治、大正时代小说家菊池宽的著作《珍珠夫人》中，"贞操"一词出现 4 次、"处女"一词登场 30 次（小谷野敦著《恋爱的昭和史》，文春文库）。

不仅如此，据说当时人们公认前卫的《妇人公论》也一方面站在"恋爱结婚是值得推崇的东西，因此男女交往极为必要"的立场上，而另一方面又记述着"热恋及男女交往危险重重"之类令人左右为难的困境。

诺特在著作《纯洁的近代》中将两难困境的原因归结为"对当时女性'贞洁'的价值赋予"，以及"报纸、杂志上报道的无数篇名人恋情及丑闻"。

人们感情的理想型是源自西方的浪漫爱情。但现实中，周遭的目光、风险隐患同样不可小觑。人们还肩负守护家庭乃至家族的责任。两个年轻人不可能在未经家长允许的情况下，仅仅因为"喜欢"而结婚。

正因如此，明治、大正时代恋爱结婚的重点在于"有教养的男女始终保持'贞洁'，相互之间以提升自我为目的而交往"，诺特如是说。他认为当时日本的恋爱结婚"与所谓欧美式恋爱结婚有所不同"，**其目标是"幸福家庭"的形成，而不是包含性需求在内的个人恋爱感情，从该意义上来说可称其为"友情婚"**。

战争与对女性贞洁的极力主张

从明治、大正时代至昭和时代，与自由恋爱在某种程度上相悖的"女性贞洁"被极力推崇的原因是连绵不断的战争。

1904 年（日俄战争爆发。随后，1914 年）第一次世界大战、

1931年九一八事变、1937年抗日战争、1941年太平洋战争（第二次世界大战）相继爆发。

以下表述如有不当，还请见谅。战争期间，对于奔赴战场的男兵来说，如果留守家中或故里的妻子、恋人"可能以自由恋爱为借口出轨"，他们便不能集中精力为国而战。这一时期，想必日本社会为了提升国家威信，也不得不在严格的性道德教育基础上劝退自由恋爱。**恋爱、婚姻并非与国家政策毫无关系。**

尽管我在前文中写到江户时代大约有五成的都市男性未婚，但在进入大正时代以后，日本摇身一变，成了"国民皆婚"。男女均在20—25岁时与门当户对的伴侣结婚成为常态，1925年，50岁仍未婚的男女占比均低于2％，即98％的人结过婚（总务省《日本长期统计系列》）。

顺便一提，如今终身未婚者的比例，男性大约二成、女性一成左右。

据说，当时人人都认为结婚是理所当然的，是因为每个家族都殷切盼望着有个"孙子辈"的继承人、接班人及劳动力。

同时，在连绵不断的战争中，昭和初期日本开始出现人口危机。1930年代中期以前，男女人口都还一直稳步增长，而1937年以后，受抗日战争等影响，年轻男性人口锐减。无法结婚的女性明显增多，人口增长（出生）速度也随之减慢。

因此，1939年，当时的厚生劳动省发布了"结婚十训"的口号。内容包括：选择健康的伴侣、避免晚婚、选择无不良遗传病的伴侣，以及"生儿育女、多子多福"等。这些若放在现代社会定会招致批判，但在昭和初期却是人之常情（加藤秀一《〈恋爱结婚〉带来了什么》，筑摩新书）。

不谈恋爱的年轻人　127

1945 年，日本迎来战争终结，时代随之骤变。

战争刚结束时，适龄男性人口急速减少，女性再次陷入结婚难的状况。1945 年以后，吉特巴舞与曼波舞风靡一时，舞厅如雨后春笋般出现在日本各地，它们已然成为女性"寻找伴侣"的特定场所（2015 年 1 月 12 日号 *PRESIDENT*）。

1947 年，旧民法被大幅修订，第二年即 1948 年新民法开始实施。至此，依照日本宪法家庭生活中的个人尊严和两性平等（第 24 条）宗旨，以封建家族制度为核心的明治旧民法被戛然刷新。新民法要求继承由各子女平均分配，改变了男女不平等的规定，废除了所谓的封建家族制度（2014 年 5 月 9 日号《读卖新闻》等）。

由此，女性便不必"嫁入"男性家。日本终于进入了男女可以作为个体结成夫妻，而不再是以家族为基础来选择配偶的时代。

相亲结婚转为恋爱结婚的原因之一为"经济高速增长"

战后，年轻人终于与憧憬的"浪漫爱情"贴近了。

不过，**直至 1960 年代末，男女双方基于父母意愿选择伴侣的"相亲结婚"与基于恋爱感情步入婚姻的"恋爱结婚"比例才发生逆转。**

其中的因果，想必阅读过中央大学教授山田昌弘与少子化评论家白河桃子合著的《"婚活"时代》（Discover 21 出版社）的各位已经知晓，但保险起见，我简单介绍一下。

1950 年代中期至 1970 年代前半期，日本迎来了空前的"经济高速增长期"。尽管"朝鲜战争特需"也大大推动了经济发展，但最大的原因还是 1964 年东京奥运会与 1970 年大阪世博会的成功举办。

大约同一时期，东海道新干线与东名高速公路等大城市间高速交通网建成，日本经济增长飞速。1968 年，我出生的那一年，日本国民生产总值（GNP）超过了联邦德国（当时），光荣地成为世界第二大经济体，证明"日本已摆脱战后阴影"名副其实。

团块世代（如今64—69岁）是日本人口最庞大的一代，被认为是经济高速增长期的主力军。从他们上一代开始，东京、大阪等中心城市便体现出对劳动力的需求，人口集中加速。于是，所谓工薪阶层的数量爆涨。

1920年人口普查显示，当时的工薪阶层（每月领取工资的职员）人口只有150万左右。从日本全国就业人数（2580万人）来看，占比极低。然而，时至经济高速增长前半期的1955年，工薪阶层增加至44％。到了后半期的1970年，增加至65％，如今该比率已逼近90％（总务省）。

十几、二十几岁的男性成为大学生或工薪阶层。他们离开父母，搬往城市居住，传统的邻里关系也变得淡薄起来。

这也在情理之中。我出生于1942年的父亲，1960年进入大学时搬到东京，毕业时正值日本经济快速增长的巅峰期。虽然父亲是入职到电视台这样稍微特殊的工作单位，但在东京、大阪等地，支援着经济高速增长的一般公司也需要大量的应届生。

适龄男性们逐渐告别故乡，离开父母，去往大城市就职。这使得往日里照顾他们的"爱管闲事的阿姨"也难以施展才华。

故乡的阿姨们与搬去东京的单身男性接触变少，而这些独居（或租房）在市中心的男性又与附近的阿姨们不太熟悉。

如此一来，1960年代后半期，相亲结婚被恋爱结婚所取代，比率逐渐下降。

1960年代后半期，相亲结婚与恋爱结婚的比率发生了逆转。与其说是因为年轻人"期望恋爱结婚"，不如说更多是**由于邻里关系的弱化及适龄男子的外流，导致"相亲结婚"比率下降。**

上世纪六七十年代的职场每天都有联谊?!

1950 年代以后,越来越多的人选择恋爱结婚。事实上,1959 年发生了一件令当时年轻人恋爱观发生巨大改变的事,即皇太子明仁亲王(平成天皇)与正田美智子(皇后)结婚。这便是所谓的"网球场自由恋爱"热潮。

自 1960 年代以来,经济的蓬勃发展也助力未婚女性逐渐步入职场,成为电梯服务员、董事秘书和电脑操作员等。由此一来,"职场"邂逅激增。原厚生省某项调查报告显示,1965—1975 年的 10 年间,超五成恋爱结婚的夫妻表示他们"邂逅在职场"(1987 年/《第 9 次生育力调查》)。

那么,当时在公司内邂逅的男女都陷入热恋并"计划步入婚姻"了吗?

那倒也不尽然。从 1960 年前后上映的小津安二郎导演的电影《彼岸花》与《秋日和》中可以得知,事实并非如此。当时大多是同一公司的亲戚或上级暗中谋划,"那个孩子有没有对象啊""下次你们俩一起约个会怎么样"之类的推波助澜,充当媒人的角色。正如中央大学教授山田昌弘在《"婚活"时代》中提到的那样。

这一事态背后也存在不少"公司内部派系"的原因。

从扮演媒人角色的亲属和上级的角度来看,如若下级或子女与飞黄腾达的人或董事的亲属结婚,他们便可以成为该派系中的一员,从此在职场中扶摇直上。从那些被介绍的男性的角度来看亦是如此,尽管他们内心认为"要是再等一段时间,或许自己会遇到一个好女人",但如果与公司里"爱管闲事大叔"介绍的女人结婚,便会获得一张未来职业发展的"期票"。是一种"双赢"的关系。

说到底,这与镰仓和江户时代的政治联姻如出一辙。**假借恋爱结婚的名义,而事实上近似于"半相亲式结婚"。**

恕我直言，当时绝大多数职场女性将工作视为"一时栖身之处"。几乎没有女性可以一直留在职场，半数以上的女性工作两三年后，会结婚离开公司。因此自她们入职开始，职场也成为寻找对象，不，是争取永久就业的战场。

或许多少有些用词不当，但上世纪六七十年代的公司，简直每天都是"大型婚活派对"的舞台现场。甚至有爱管闲事的职场大叔主动担任起媒人的角色。想必正因如此，大量男女才能在职场中邂逅，进而步入婚姻。

1970年代，30—34岁女性的未婚率仅不足一成，同年龄段未婚男性也未满二成。在终身不婚率方面，男女均为2%—4%，属于超低水平（总务省）。此时，人人皆婚是理所当然的事，对他们而言"婚姻是必需品"。

源自明治至战争时期的"处女传说"，即"女性在结婚之前应保守贞洁"观念，直到此时依旧根深蒂固。

山田昌弘指出："如果男女发生了性关系，就必须考虑结婚。因此，在那个时代里，婚姻是性与恋爱的延伸，它们是三位一体的。"

然而，那种结构受始于1980年代的泡沫经济产物恋爱至上主义与"婚姻可有可无"即"婚姻嗜好品化"的影响，也逐步走向瓦解之路。

异乎寻常又转瞬即逝的恋爱结婚至上主义

从平安时代读到这里，各位作何感想？若说多数日本年轻人打心底热衷于"想谈恋爱"的时期，想必除了泡沫经济时期以外，便是浪漫爱情自西方传入后的明治、大正时期了。

当时的浪漫爱情意识形态，对多数男女来说，是一场几乎不可能实现的"黄粱美梦"。他们也深知，若像部分艺术家那样，为强行实现而违抗父母和社会,将承担巨大的风险。

但想必正因如此,他们才会眺望遥远的夜空,仰视着那颗闪闪发光的恋爱之星,殷切盼望"有一天梦能照进现实"。

江户时代似乎也有男女在各处享受婚前性行为的情况。不过,那与人们祈求心心相印或"命运般邂逅"的现代热恋或纯爱印象截然不同,反而是与性需求和肉体紧密关联。

如果还要再列举出一个时期的话,便是平安时代。那是一个先交换情书,再发生性关系以测试性适配性和沟通能力的时代,或许也是年轻人可以切身感受到恋爱热情高涨的时代。

那么,通向婚姻的道路又如何呢?

如前文所述,在完成三晚夜访之后,女方家父母会立即款待女婿(男性),结婚一事便大功告成。此时,性是恋爱的"第一步",恋爱(性)与结婚直接挂钩。

日本结婚与结婚仪式的历史

	上代 (至平安时代)	中世 (镰仓时代起)	江户时代	明治、大正	昭和、平成
形式	娶婿婚	武士间实行迎嫁娶婚	嫁娶婚固定下来	自大正起,自由恋爱结婚流行	邂逅的商业化婚礼的多样化
仪式	贵族的礼法	武家礼法诞生	百姓婚礼采用武家的礼法	神道式、佛教式婚礼登场	在婚宴会场举行婚礼仪式普及
特色	在妻子家举办婚礼,并在那生活	壁龛装饰等细节规定	通过媒人介绍相亲	普遍在自己家举办婚礼	婚宴的展示化

根据 MSK 多媒体推进协议会制作 HP "太田市信息馆"的"冠婚百科"作成

然而，在那之后的镰仓时代至江户时代，从武士家族及上流贵族"保护血统"的角度出发，父母亲戚带头安排子女相亲结婚，政治联姻的形成也变得理所应当。在地方村落共同体，村长带头实行夜访等措施，以鼓励年轻人结婚生育（维持人力和劳动力）。

此时，"恋爱与结婚是两码事""结婚之后再相爱即可"的想法充斥着日本的婚姻市场。换句话说，恋爱、性与婚姻之间的联系一度被镰仓至江户时代"大人的作为"完全分割开来。

于是，明治、大正时代至昭和时代初期的年轻人憧憬来自西方的浪漫爱情，梦想着所谓的恋爱结婚。然而，现实中，绝大多数年轻人仍是按照父母的意愿"相亲"。在前文提到的诺特看来，当时存在的极少数恋爱结婚是以"幸福家庭生活"为目标的"友情婚"。

后来，尽管进入战后时期，公司上级和亲戚假借恋爱结婚名义的"半相亲式结婚"仍持续了一段时间。当时，虽说算不上"恋爱与结婚是两码事"，但因为婚前性行为基本上"行不通"，所以"结婚之后再真心爱对方即可"的观念颇为盛行。

如此说来，多数年轻人"想谈恋爱"，并能够通过自己的努力步入婚姻的情况，充其量仅在昭和时代后期昙花一现。

其实也正是因为现实中父母和周围的大人参与其中，恋爱或结婚才得以成功。**事实上，纯粹靠年轻人自己的力量赢得真正的恋爱结婚的时代，实在是转瞬即逝。**

在那种情况下，加之1990年代中期以来发生了如此多的恋爱革命，即使现在强行鼓励年轻人"多谈恋爱吧""朝着结婚发展吧"，也毫无意义。

与其这样，**不如从历史中吸取教训，重新设定昭和时代"恋爱结婚"的观念，重新探索他们所期望的婚姻模式，才更加现实吧。**其中方法之一便是下一节中即将讨论的，将"恋爱"与"婚姻"暂且分离的观念。

究其原因，日本在平安时代以后的1200年中，"恋爱与结婚是两码事""结婚之后再相爱即可"的观念长期实践下来，已然深入人心。

泡沫经济时期后，婚姻从"必需品"转变为"嗜好品"

本次受访的年轻人几乎每人都问我："恋爱究竟是什么？"

这的确是个令人疑惑的问题。以下是文人墨客们留下的回答。

——恋爱使人坚强，同时又使人软弱。（法国波纳尔）

——爱情无药可医，唯有爱得更深。（美国梭罗）

——爱情总是有些疯狂。（德国尼采）

——恋爱是什么？要我说，它是件令人颇为害羞的事。（日本太宰治）

这些文字令我"恍然大悟"，感同身受。自古以来，各国恋爱文学作品一直能超越国界被广泛接受，想必是因为**古今东西对恋爱的根本感受并无二致**。

不过，**恋爱、性与婚姻之间的关系因时代背景、地区特点、文化、民族、宗教和经济状况等不同而或多或少存在差异**也同样是现实。

即使仅以日本为例，正如前文所述，从平安时代至今，随着时代的变化（以及不少大人们的作为），恋爱的概念以及三者之间的关系也屡次被刷新。

事实上，基于浪漫爱情意识形态的"恋爱、性与婚姻三位一体化"只存在于经济高速增长期至1970年代后半期左右的极短时间内。此后，进入1980年代，"性未必等于婚姻""恋爱和性更加开放也无妨"的观念推进了恋爱的自由化以及"性与婚姻的分离"。时至恋爱至上主义的泡沫经济时代，人人皆可为自由恋爱而欢欣雀跃。

那么，为何性与婚姻的分离会在 1980 年代至 1990 年代前半期进一步发展呢？

人们通常归因于**泡沫经济的繁荣与来自西方国家特别是美国的影响**。

1981 年，田中康夫的小说《总觉得，水晶样》（河出书房新社）出版，书中的主人公是一名在大城市做时装模特的女大学生。自该时期起，年轻人间似乎受欧美影响的流行思潮此起彼伏，比如经常刊登在女性杂志 JJ 上的横滨时尚①、新传统时尚②、DC 品牌③、冲浪潮，约会宝典 Hot-Dog PRESS（讲谈社）也青睐的迪斯科热等。

出国留学和海外旅行热潮同样引人注目。泡沫经济前，每年出国留学人数保持在 1.5 万人左右，泡沫经济时期的 1988 年增加至大约 1.8 万人，至 1989 年飞涨至大约 2.3 万人，1993 年时甚至突破 5 万人大关（2013 年/文部科学省）。

不仅如此，海外旅行游客人数也在泡沫经济时期的 1990 年首次突破了 1000 万人。海外对于年轻人而言不再是憧憬，而是"稀松平常"，西方世界也愈发近在咫尺（总务省）。

想必好莱坞电影的影响也不容小觑。1980 年代至 1990 年代前半期，在日本盛极一时的好莱坞电影中有不少恋爱题材。例如，《军官与绅士》（1982 年）、《壮志凌云》（1986 年）、《当哈利遇到莎莉》

---

① 1970 年代后半期至 1980 年代前半期，在日本横滨流行的传统风格时尚，指聚集在横滨元町附近女大学生独特的服装搭配。
② "New traditional fashion"，1970 年代中期至 1980 年代中期日本流行的时尚风格，被认为是迄今为止品牌热潮的起源。
③ DC 为 "Designer's & Character's" 的简称，1980 年代成为日本社会流行的高级时尚品牌总称，代表人物有山本耀司、川久保玲等。

(1989年)与《人鬼情未了》(1990年)等。当时多数年轻人,包括我自己在内,都憧憬着"那般时尚自由的爱情生活"。后来,人们普遍认为"拜金主义"的日本恋爱偶像剧也没少受到西方性自由与恋爱自由的影响。

不过,当时虽说"性与婚姻"不及1970年代"发生性关系后,男性要对女性的未来负责"那般紧密相连,但"性与恋爱"之间仍有着一定程度的联系。

然而,如今20多岁年轻人的情况截然不同。代表性特征是他们有无需恋爱感情而仅发生性关系的性伴侣。

前述 an·an 的调查结果(2011年)也显示出,女性每7人中便有1人(14%)表示有仅发生性关系的伙伴,即性伴侣。在本次的调查中,也有41%的单身男女(实际超过四成)表示,"曾与没有恋爱感情的异性发生过性关系",其中不包括所谓的色情服务与性交易。

当然,或许其中也有酒后一夜情的男女。不过,正如前面采访中所提到的,一些年轻人表示"只要性趣合拍就行""不投入感情,所以更轻松快乐",心血来潮时便会与同一名异性随意发生性关系。

不断提高恋爱门槛的"表白"文化

性伴侣不同于正经恋爱(主菜),而是加餐。该观点是偏西式的。

那么,**日本年轻人如何区分"异性朋友、性伴侣(加餐)"与"固定恋人(主菜)"呢**?

直截了当地说,是**通过"表白"**。

Zexy 东京首都圈版主编神本指出:"对于如今处于男女平等大环境下的20多岁年轻人而言,'表白'才是恋爱大步向前迈进的第一步。"

说起来，过去如果"男女约定单独外出"，便表明两人在某种程度上互相认为对方"不错"。但如今 20 多岁的年轻人不同。与上一代人相比，他们恋爱前期阶段的涵盖范围更宽泛、时间跨度更长。

首先，因为男女平等下的异性相处更像是朋友间的感觉，所以他们平时也会与异性朋友一起吃饭、看电影。甚至还有"床友"（前文提到的陪睡朋友），旅行时，即使两人同睡一屋也不会发生什么。即使其中一方途中萌生出"恋人间才有的心思"，也会遵守费用均摊的基本原则。一般而言，男性不会为了女友而努力打工挣钱，也不会给女友送昂贵的礼物，因此女方也极难确定他们"是否算在交往"。

如此一来，表白便成为不可或缺的环节，是为了获得稳定"恋爱"，而非单纯友谊，必须要明确的一步。

当然，表白常与风险相伴。

如果在社群内表白，下场或许是被吐槽"那家伙，真不会看气氛""考虑一下周围人的感受吧"，让友谊陷入僵局。如果在通勤地铁上向总是远远注视着的女性表白，恐怕对方也会害怕，心想"这人不会是跟踪狂吧"。

毫无疑问，最大的风险便是"被拒绝"。Recruit MP 的"恋爱观调查"（2014 年）同样显示出，男性每 3 人中便有 1 人（32%）表示："一想到有被拒绝的风险，就不想表白了（还是保持朋友关系好）"。该比例在女性中更高一筹，达到 49%，即每 2 人中便有 1 人。

顺便一提，关于逃避表白的比例，在如今 40 多岁（未婚）人群中，男性为 26%，女性为 38%，两者均低于 20 多岁年轻人。

在某项针对高中生、大学生以及 20 多岁职场男女的调查中，也有八成男性表示"即使有感兴趣的人（喜欢的人），也不能立即表白"。就理由而言，29%（排第 3 位）表示"不想被拒绝"，而排在第 1 位的"对自己没有自信"（70%）和第 2 位的"不知道对方想法"

（63％）与"不想被拒绝（所以不表白）"之意显然也相差无几（2011年/联合利华·日本）。

即使下定决心"表白吧"，他们的措辞也是出乎意料地含糊不清。
前文中艾米莉与男友的恋爱从一句"那我们就算在一起了"开始，这便是恋爱冷处理的典型。在本次采访中，也听到了类似的措辞：
"LINE上有人问我：'我很闲，要和我暂时交往一下吗？'"
"我们像是在交往，对吧？"
"'虽然俺和别人交往也不是不行（拐弯抹角地），但还是你来决定吧'，把选择权全部抛给我。"
"如果（约会）对方买单，我会觉得有想和我交往的意思吧。"
诸如此类，令人瞠目结舌忍不住吐槽的表白词层出不穷。无一不是**通过暧昧不清的表达及把决定权抛给女方的行为，来规避表白被拒绝的风险**。

但话说回来，如若我是出生在当下时代的男性，一定也会对表白倍感压力。
像泡沫经济时期那样还好，"即使求婚被拒绝100次，在第101次时也总会收到'我愿意'的回答"。甚至更早一些，在几乎不存在女性终身工作职场的上世纪六七十年代，男性有些小钱便可以"飞扬跋扈"地对女性说："跟着俺吧！"
然而，今非昔比。
在如今男女平等的时代里，女性也可以光明正大地行使她们的否决权，"不喜欢就是不喜欢"。如果向她们笨拙地表白，或许会被误认为是性骚扰或跟踪狂。又或许会在SNS上遭遇围攻，"今天被一个自不量力的家伙表白了""不是吧，真恶心"……

如此一来，他们的想法也会转变——还是不表白了，"继续保持朋友关系"好了。

而另一方面，在本次采访中，"有性伴侣"的女性受访者不止一人流露出"如果他（男性朋友）向我表白，可能会和他交往"之意。女性有性伴侣的现象日益显著的背后，似乎也与"不表白男"的存在息息相关。

唯独日本从"表白"开始？世界各地恋爱与表白百态

不过，不会表白的男性千万不要妄自菲薄。

对跨国恋爱、跨国婚姻方面也颇有研究的中央大学教授山田昌弘指出，实际上**西方几乎不存在"表白之后再交往"的文化和观念**。

"在多数西方国家，如果你对一个人有好感，首先会邀请对方约会或吃饭，通过眼神交流和肢体语言传递爱意，发展恋爱关系。前提是存在着人们并非专情于某个人表白感情，而是同时与若干名异性交往的文化传统。"

真是大开眼界。

迄今为止，至少在过去几十年里，"表白乃理所当然"的观念在日本仍是主流。如果跳过表白，直接与异性交往，会被视为"不靠谱""花花公子"，交往关系本身也可能被打上"不真诚"的标签。

然而事实上，在欧美国家，几乎不存在从表白到恋爱的流程……如果取缔年轻人厌忌的表白本身，或者创造出一种"即使不经过表白阶段也能展开恋爱或步入婚姻"的新流程，大概年轻人也会稍微轻松些。

那么，接下来我们简单看一下各国恋爱与表白之间的关联吧。

首先来看美国。

即使是未曾去过美国的日本人，想必也知道美国人为庆祝高中或大学毕业等举行的正式舞会"毕业舞会"吧。

在从前的老电影《回到未来》与《魔女嘉莉》、最近的《哈利·波特》和青春剧《绯闻女孩》《欢乐合唱团》中均出现了舞会的场景。

舞会规定一男一女组队参加。绝大多数情况是男性一马当先，开口邀请女性搭档"一起去"。有些人认为这实际上也是一种"表白"。

随着舞会的临近，男性会定制正装礼服和腰带，女性则会购买礼裙与珠宝，还会在发型及美甲上下功夫。礼品花束与贺卡因此颇为抢手，甚至还有男性包下豪华轿车。

舞会季（大多在春季）前夕，我也曾几次在纽约街头看到过女性杂志 *Seventeen* 与 *Teen Vogue* 上大版面刊登的舞会专题内容。其中名流专属时尚和"如何让男人选中你"的策略指南，与日本面向十几、二十几岁女性的杂志内容别无二致。

然而，想必看过电影《魔女嘉莉》的人都知道吧，不受欢迎的女性在毕业舞会一类的恋爱活动中会受到怎样的伤害。我在小学时看了那部电影，深切感受到："啊，幸好没有出生在美国。"

父母与社区鼎力相助的美国"恋爱活动"实态

乍一看，毕业舞会是弱肉强食的活动，将年轻人之间的"人气差距"公之于众。然而，仔细研究以后会发现，"大人"们在幕后也参与其中。

例如，社区再生规划师久繁哲之介曾向某专业杂志投稿，其关于"情侣减少社会"与城市建设记述如下：

"父母、学校和社区高度关注孩子们同何人一起参加，以及究竟能否参加舞会。（中略）学生家长与当地社区还会参与舞会的筹备和后勤工作。不仅当事人本人，其家人与社区也同样期待着一段良缘的到来。"（2007年5月出版/《城市研究》民间城市开发推进机构）。

结城喜宣是美国大型广告公司（JWT）的前员工，现从事品牌构筑工作。他向宣传会议运营的网站投稿的某文章中写道，近年来毕业舞会相关信息会于举办前1个月左右在学校官网上公布，学生会成员会在Facebook上创建一个活动页面，不仅学生本人，"父母"也可以关注孩子们邀约的动态，共享欢乐（2012年6月29日登载/*Adver-Times*）。

阅读这些可知，看似年轻人自由恋爱天地的毕业舞会，实际也是承载着当地居民和父母们"要是能撮合出几对情侣多好啊"满满期望的区域一体型恋爱活动。放在日本，不就像是区域联谊或父母同行的相亲派对嘛！

上一小节提到的女性杂志 *Seventeen* 和 *Teen Vogue* 毕业舞会专题中也有如下描述：男生来邀请女生"共赴舞会"时，女生家人会前去迎接，"很高兴你来邀请我女儿"，或者父母围坐在餐桌前对男生说"我女儿就拜托你了"之类，有时男生还会一起拍全家福。

换言之，即使是男性以参加舞会为前提的邀约，也并不意味着他们可以跳过正式的表白门槛，冷不防地说"请和我交往吧"。舞会的参加邀请终归只是"我们一起吃个饭吧"程度的非正式"表白"，但旁观的大人们会为他们加油打气，"真不错啊""在一起吧"之类的助攻呼之欲出。

为何在美国父母及社区会支援年轻人的恋爱活动呢？

毫无疑问，其中会有父母对子女"邂逅美好"的殷切期望。不过，根本原因在于，他们认为："如果年轻人放任自由，极为危险。"虽然这么说多少有些夸张，但这种"危险"就如同恐怖片《十三号星期五》开篇那对打情骂俏的情侣被杀手（杰森等人）杀害一般。因而大人们会关注并试图阻止年轻人玩闹过度、涉足吸毒以及置危险于不顾的野蛮性行为。

此外，在欧美国家，与"表白"意味相近的活动还有情人节。

近年来，在日本情人节时也流行起女性间互赠"友情巧克力"，给爸爸和兄弟送"亲情巧克力"。尽管如此，大概仍有许多人对情人节的印象停留在昭和时代"女生给男生送巧克力的日子"。而众所周知，欧美各国的情人节是"恋人的节日"，男女间无论哪一方赠送礼物都可以。

也有部分男性认为情人节是一生难得的表白机会，于是会准备昂贵的珠宝。不过，送礼的标配仍是巧克力、糖果及玫瑰花一类。如同过去的日本那样，情人节仍带有强烈的节庆意味，因而即使被拒绝、收到"抱歉"的回复，也不至于伤得太深。

朋友与恋人界限暧昧不清的欧洲恋爱文化

那么，人称恋爱"发源地"的法国情况是怎样的呢？

想必大多人因花都巴黎的形象会认为那是一个"恋爱需求旺盛的国家"，然而实际上法国并不存在所谓的"表白"文化。正如前文中山田昌弘所言，"首先邀请对方约会或吃饭，通过眼神交流与肢体语言传递爱意，发展恋爱关系"，这种流程更贴近法国恋爱文化。

其代表性特征为"零恋爱经历"的人数多得惊人。

从内阁府某项调查（2010年）中的国际对比来看，20多岁"零恋爱经历"的年轻人（未恋男女）在日本占27%。其他国家中，瑞典20%，韩国17%，美国还不足8%。单从数字来看，唯独日本高得异常突出。

然而，转眼看向法国，竟比日本更胜一筹，高达28%。30多岁群体的情况同样不容乐观，未恋男女占22%，几乎与日本（23%）旗鼓相当。

为何法国会这样？

听 20 多岁时在法国留学的朋友说："当时我有个可以共享美食与性的男性朋友，但从没有把他当成'恋人'。然而有一次，他第一次对我说'ma chérie（我的爱人）'时，我特别开心，因为意识到'啊，他把我看作恋人了'。"

ma chérie 的意思是"我最爱的人"。如若听到这句话，能真实感受到"我是他女朋友"，但如果他只说"je t'aime（我爱你/一直爱你）"，我便不敢肯定。因为存在如山田昌弘所说的"同时与多人交往"的情况。

的确，在没有表白文化的法国，"是在交往还是朋友"极其难辨。除了"ma chérie"以外，还有"mon âme（我的灵魂）""mon amour（我的爱人）"以及近似英语"honey"的"mon chou（我的宝贝）"之类饱含爱意的昵称。法国人的风格是享受交流与交往本身，专程低着头表白"请和我交往"，或许还会被认为不解风情。

顺带一提，同样以"称呼"来衡量对方感情认真程度的国家，是**热情洋溢的西班牙和巴西**。

在西班牙，当称呼从"amiga（女性朋友）"变为"novia（甜心）"，在巴西，当"ficante（暧昧对象）"变为"namorada（女朋友）"时，可以看作各自从异性朋友升级成为"恋人""不可替代的另一半"（两者均针对女性而言）。

法国也如出一辙，如果在交往过程中反问一句"诶？你刚才叫我什么？"，或许会体验到意料之外的关系进展。但是，对容易将性价比和理性主义同样套用于恋爱中的日本年轻人来说，或许会感到"焦躁不安""颇为麻烦"。

近来，在欧美国家中，"我们要不要住一起"引起人们广泛关注。这是另一种无需表白便可知"是朋友还是恋人"的方法。

下一章我们会讲到，瑞典与法国分别于 1987 年、1999 年制定了促进男女间（或同性间）安稳生活与生育（及结婚）的法律〔前者为《瑞典同居法》（SAMBO），后者为《法国民事互助契约》（PACS）〕。国家开始支持所谓的事实婚姻，即使未领证的同居情侣，只要共同生活超过一定时间，也可以获得社会保障。

当然，"我们要不要住一起"同样被视作一种间接的表白或求婚，相当于"我们虽然不领证，但生孩子（事实婚姻）也无妨"。不过，与其说这是其中一方下决心表白，不如说是双方在结婚（事实婚姻）的前提下，通过询问"要不要试试（未来）住一起"来确认彼此的心意。

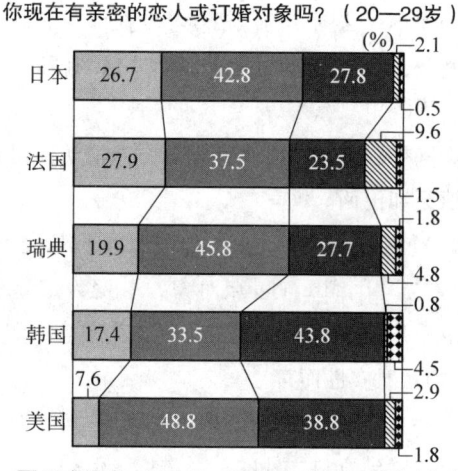

你现在有亲密的恋人或订婚对象吗？（20—29岁）(%)

国家	零恋爱经历	现在没有，过去有	现在有恋人	有订婚对象	不详
日本	26.7	42.8	27.8	2.1	0.5
法国	27.9	37.5	23.5	9.6	1.5
瑞典	19.9	45.8	27.7	1.8	4.8
韩国	17.4	33.5	43.8	0.8	4.5
美国	7.6	48.8	38.8	2.9	1.8

出自内阁府《关于平成二十二年少子化社会的国际意识调查报告》

除此以外，在德国、英国、澳大利亚等国家，人们通常不表白，据说"两人会先一起吃饭啦、发生性关系啦,又或者尝试同居,然后再考虑是否要认真交往、是否要成为彼此余生的伴侣"。

在这些国家中,虽然恋爱与婚姻相关联,但先试婚同居,再选择走向事实婚姻的情侣绝非少数。

10年前内阁府发布的《国民生活白皮书》(2005年)也显示出,在与男性共同生活(同住)的女性中,未领证便同居、达成事实婚姻的20多岁女性比例,荷兰、法国、奥地利和芬兰等国大约占五成,瑞典高达六成左右。

不仅如此,美国商务部于2012年展开的某项调查结果显示,"非婚生子女",即在合法婚姻以外的事实婚姻等关系中出生的孩子,其比例在瑞典与法国超过五成,在丹麦、英国、美国与荷兰也超过四成,可见**大多数情侣践行着"同住→同居→怀孕(生育)→事实婚姻"的流程**。

总而言之,在这些国家里,"朋友→恋人→婚姻"的界限并不像日本那样泾渭分明。虽然无所谓好与不好,但对于年轻人来说,想必这些国家恋爱与结婚的门槛的确没有将"表白、领证视为理所当然"的日本高吧。

日本"表白文化"背后残留的"贞操观念"

合法婚姻(登记)的利弊暂且放到下一章论述,这里我想再次深入地聊聊表白。

日本人究竟为何至今仍觉得"表白是理所当然的"?

恐怕是因为其背后残留的"**贞操观念**"。

前文列举了欧美各国多数将恋爱发展过程中的初次性行为当作"了解对方的方式"。如若在街上遇到"还不错"的异性,他们会通过眼神和肢体语言进行交流,进而接吻、发生关系,然后相互磨合、深入交流，逐渐缩小范围锁定理想的"那个人"，随即迈入同居和事实婚姻。这与日本平安时代的流程简直如出一辙。对他们而言，想必初次性行为是"展开恋爱关系的一种方式"。

而日本，长久以来仍残留着浓厚的贞操观念，比如"婚前性行为是不太受欢迎的""若婚前发生性行为，男性应该对该女性的未来负责（结婚）"等。准确地说，平安及江户时代百姓间的情况并非如此，而镰仓、明治时代以后，大人们一系列的算盘导致婚姻观念有所改变，才有了那样的定义。

正如前文所述，性与结婚被分开来看待就是最近，也就是1980年代以后的事。某项调查结果显示，2013年时，认为婚前性行为"不可以"的占比，即使包含二战前出生人群在内，也有二成。而如今，20多岁年轻人中仅有一成。1983年时，表示"不可以"的人群接近半数（47％）。在此之前1973年、1978年的调查中，表示"不可以"的占比分别为58％、50％，超过五成（2013年/NHK广播文化研究所）。

总而言之，大约1970年以前，也就是对40多年前的日本来说，不以结婚为前提的婚前性行为无疑是一种禁忌。

进入1980年代以后，终于看到"婚前性行为未必是坏事"的观念普及开来。不过，这次"我是认真的""我绝对不会背叛你"之类的誓言必不可少。那便是**名为"表白"的契约**。也可谓恋爱的"**踏绘**①"，大多数女性以此来考验男性的忠心。

中央大学教授山田昌弘在1991年发表的论文《现代大学生的恋爱意识》中分析了其中缘由。大致概括如下：

---

① 日本德川幕府时期发明的仪式，目的是为了探明外人是否为基督徒。踏绘有背弃基督教的意思，禁止基督教时曾经下令要所有教民践踏以示叛教，违抗者处刑。

进入 1980 年代以后，一方面，"恋爱必须结婚"的规范失去了影响力，另一方面，随着男女交往机会的增多，婚姻和性等同于恋爱的天平开始失衡。此时此刻必须对"恋人"与其他人做出区分。因而，通过表白之类的某种形式相互"表态"，以此确认心意的重要性节节攀升……

就连恋爱至上主义盛行、万事皆可的 1980 时代，基本上不通过表白来表明诚意，也走不到婚前性行为这一步。

尤其是女性，除非自己被宣誓为对方的"唯一"，否则就无法规避意外怀孕的风险。严格说来，男性同理，如若不能在表白阶段确定自己是唯一，那么当女性说"我怀孕了"时，他们也会怀疑"真是我的孩子吗"。想必主要是因为当时的 DNA 鉴定没有像如今这般发达。

表白与性伴侣隐藏的真正意义

说起如今 20 多岁年轻人，前文提到女性中每 7 人便有 1 人有无关恋爱感情的纯粹性伴侣。而曾与"没有恋爱感情的异性"发生过性关系的占比，男女均为四成。虽然如此，本次受访的女性却一律表示：

"我完全无法想象除了性伴侣以外，还会有谁不表白就突然想和我发生关系。"

"我中招了（怀孕），他还不管不顾什么的，那绝对不可能发生。"

她们与性伴侣发生关系时，每次都会采取避孕措施，要么避开排卵日前后，要么戴安全套，时刻提防着以免意外怀孕。不过，对于认真交往的男性，如果"碰巧怀孕"，说不定还可以奉子成婚。究其原因，正如第一章中谈论的，反倒是怀上了孩子，男性才会求婚。

也正因如此，女性才会希望在第一次性行为发生之前收到认真的表白，那意味着"如果怀孕了，对方会承担责任"。想必她们是想让对方接受表白的考验，来证明"没关系，那是一段认真的恋爱"。**尽管性在某种程度上西化了，恋爱观念却仍然是"日式"无疑。**

另一方面，男性基本上也有类似的想法。

"如果不表白就发生性关系的话，也太不负责任了吧。"

"我真正想珍惜的女孩，不发生性关系也可以。就算想，也要认认真真地一步一步（表白→交往→接吻……）来啊。"

他们还认为不表白等于不负责任。究其根源，或许与1970年代以前"如果发生性关系，男性应该对女性未来负责"的贞操观念息息相关。

那么，为何他们可以与没有恋爱感情的性伴侣轻易发生关系呢？

事实上，我在写上一节的时候，已经注意到如今20多岁男女对"恋爱"的思考方式与明治、大正时代相似。

他们从记事到青春期，经历了"纯爱热"的高潮。例如，青春小说《在世界中心呼唤爱》与《现在去见你》，网络小说《恋空》《红线》，以及根据2频道网站帖子改编的《电车男》等。

在本次采访中，表示被这些纯爱小说所"感动"的男女也不在少数。或许正因如此，他们认为现实生活中的恋爱"麻烦""随便"而冷眼旁观的同时，也流露出理想中的恋爱与纯爱"真不错啊""当然满怀憧憬啊"之类的心声，紧接着肯定又会加上一句："现实中（纯爱什么的）绝对不可能。"

对于命运般的邂逅及与性无关的奋不顾身的爱情，年轻人非但没有轻视，反而怀着憧憬。有些还期待着与命中注定之人拥有一段纯洁的爱情。

然而现实中，纯爱根本不存在。如果他们跟随自己的内心，仅凭爱意勇往直前，或许会遭遇家庭暴力、跟踪等巨大的恋爱风险。因而，就让纯爱停留在虚幻的世界里吧……

该想法奇妙地与大正时代不谋而合，当时人们一边渴望着热恋式的大正浪漫，一边又侧目而视，认为"对我来说不可能"。

对他们而言，**以肉欲为中心的性关系基本上不是纯粹的爱**。如若想与认真交往的人发生性关系，应该接受"表白"的考验。不过，表白本身也包含各种各样的风险，想来是件麻烦事。既然如此，**日常性需求便通过"自身"或"加餐（性伴侣）"来满足吧**……

在我看来，对日本年轻人来说，这便是表白与性伴侣的真正意义。

果断划清恋爱与婚姻界限的中国年轻人

中央大学教授山田昌弘指出，"事实上，除日本外，**其他国家也有'表白文化'**"。

其代表为**中国和韩国**。果不其然，都是亚洲国家。

首先来看中国。中国自古便有"七年男女不同席"（出自《礼记》）的说法，即他们早在7岁时便被灌输男女有别的思想，不得擅自交往，时至今日仍残留着"早恋"一词。早恋指"未满18岁（主要是初高中生）青少年的恋爱"，知识分子们根深蒂固地认为早恋"不仅会导致学习成绩下降，而且会引起生活混乱、离家出走等其他不良行为"。

2009年，黑龙江省甚至颁布了反对早恋的条例，"父母或监护人对未成人的早恋行为要进行批评、教育、制止与矫正"，指出监护人对此负有监督责任。中国某新闻网站上还报道了同年南京某高中召集全校女学生，教导她们"要与男生保持至少44厘米的距离"（2009年9月7日登载/《记录中国》）。

中国土地辽阔，地域差异显著。近年来在城市地区，每逢毕业季（6月），"毕分族"的说法也随之四起。顾名思义，指毕业就"分别

（分手）"的情侣。

山田昌弘指出，中国城市地区大约有二成年轻人升入大学，在这一阶段几乎所有人都迈入集体宿舍生活，远离父母，攒足了恋爱势头。想必对高中时被要求"与异性保持44厘米距离"的男女生们来说，获得了前所未有的解放感吧。

然而，在大学期间交往的男女终成眷属的案例基本上寥寥无几。据说年轻人普遍认为"恋爱与结婚是两码事"。

2015年7月，我在上海演讲时，某日企（大型企业）的中国女职员也纷纷表示：

"上海、北京的物价和房租很高，因而除非男方很能赚钱，否则不可能跟他结婚。"

山田昌弘同样指出，在中国社会里，可以说学历与阶层至今仍旧非常重要。不管恋爱如何，一旦涉及结婚，由父母介绍结婚对象，要求"跟这个人结婚"的情况也屡见不鲜。**恋爱与结婚是两码事，因此年轻人在毕业的同时与恋爱告别，即"毕分族"。**

关于分手的原因，北京大学社会学系夏教授在人民网日语版上进行了分析："（除个人问题外）年轻人们还面临着现实压力，比如其中一方的经济条件不尽人意、家人反对等。"（2013年6月28日号）。中国父母比日本父母更看重子女的婚姻，想必与独生子女政策也有关联。

此外，据亚洲新闻网站"Searchina"报道，在中国贸易之都广州，多数女大学生认为"恋爱与结婚是两码事"。对她们中大约1000人展开的调查结果也显示出，半数以上受访者表示"没自信能与现男友（撇开经济实力）结婚"，而另一方面，"想嫁给一个家庭富裕的男性"的受访者占比也高达六成（2010年4月14日登载）。

既然恋爱与结婚是两码事，那么干脆不恋爱了吗？其实非也，似乎中国人对恋爱的态度反倒比日本人更加积极。

我们来看看对中国男女（20—39 岁）的调查结果吧。

首先，超过五成的受访者表示与异性相识是通过学校或朋友介绍。没有受访者提到联谊，可见所谓的联谊文化在中国并非主流。尽管如此，仍有超过七成受访者表示在"积极地与异性约会"。重要的"表白"环节，中国与日本也有着类似的微妙之处。比如，恋爱理应表白，且六成以上受访者同样认为"该由男性表白"（2010 年/A—Vision）。

为何韩国不婚者与"女强人"与日俱增？

在韩国，认为"应该结婚"的年轻人正逐年减少。

据 2014 年韩国统计局对 37000 名男女开展的大规模调查结果显示，认为"应该结婚"的比率止步于 57%，较 2008 年的 68% 下降了一成以上。下降幅度在女性中尤其明显，表示"应该结婚"的未婚女性仅占 39%，还不足四成。

我是一个韩剧迷。2004 年日本上映《蓝色生死恋 2》以来，我几乎看过所有热门韩剧。在 2005 年以后热播的《我叫金三顺》《浪漫满屋（1—3）》《达子的春天》等剧中，登场的 30 多岁女强人角色多少都带些"败犬女王"意味。其中女性们担心自己"不早点嫁出去就麻烦了"之类的情节频出，但同时也刻画出她们的决绝："与其强迫自己嫁给一个无聊的男人，还不如全身心投入工作。"

韩国未婚女性并非不渴望婚姻，可现实中没有合适的结婚对象，婚后婆媳问题又似乎十分棘手（比日本更甚）。或许正因为这样，才逼得她们萌生出"既然如此，还不如不结婚"的念头。

在韩国，年轻人的就业形势甚至比日本更为严峻。

尽管执着于高学历的他们八成以上都可以考入大学，但工作机会毕竟有限。来自当地教育机构的调查结果显示，2014年韩国大学毕业生的就业率竟仅为56％，低于韩国金融危机（1998年）刚过后的58％。顺带一提，2015年春季毕业季时，日本的大学毕业生就业率为97％。只要不挑剔，就能顺利就职。仅从这一点来看，或许可以说"日本年轻人的境遇要比韩国好些"（2015年/厚生劳动省·文部科学省）。

不仅如此，韩国实行征兵制度。年轻人们在29岁（虚岁30岁）生日来临之前，不得不服两年磨炼身心的兵役。

总之，无论毕业于多么好的大学，都会有超过四成的年轻人成为"就业难民"。就职后跳槽的竞争仍十分激烈。加之好不容易开始的一段感情，还得因为服兵役而被迫与恋人分别两年。恋爱中极其残酷的现实近在女性眼前。

韩国自古以来信奉儒教。进入近代以后又受到迅速传播的基督教影响，贞洁观念较日本人有过之而无不及。交往过程中性行为的门槛也比日本更高一筹。

尽管西式自由恋爱在思想开放的年轻人间已然成为常态，但对于农村地区的贫困家庭、中产阶级家庭与城市中的普通家庭，或者财阀家族之类的超级精英家庭而言，**表白仪式至今依旧备受重视**。

同样受儒家思想影响，韩国年轻人重视家长意见及家庭关系，因此他们很难如欧美般不领证便同居、发生性关系。来自家庭的意见自始至终都尤为重要。想必从该意义上来说，他们也会认为某种"界限"必不可少。

未婚女性们似乎并非从最初便拒绝恋爱和婚姻。然而迫于经济状况的困窘及"家人的看法"，她们既不想勉强嫁给一个条件不好的男性，也不想放任自己与负不起责任的男性浑浑噩噩地同居……

在这种背景下，山田昌弘指出"近年来，韩国女性正趋于两极分化"。部分女性至今仍然憧憬着理想中的恋爱结婚，反之，也有部分女性已表现出她们的决绝："婚姻由金钱而非爱情决定""恋爱与结婚是两码事"。

该趋势在数据中同样清晰可见。例如，韩国当地某家婚介公司的调查（2012年）结果显示，未婚女性每3人中便有1人认为选择结婚对象（恋人）时会"优先考量对方的经济实力"。先前统计局的调查也显示出，65％的女性表示"只要对方条件足够好，就能爱上他"。在交往对象与择偶条件方面，大约九成男性表示"喜欢门当户对的人"，与此相对，大约五成女性表示"喜欢比自己条件更好的人"，对于个人条件的重视程度可见一斑。

还有更令人惊讶的事实。在韩国20—39岁的未婚女性中，竟有63％表示"需要签订婚前协议"。最常见的理由是"为了相互尊重"，其次是"为了平等分割财产"和"为了抚养费"。别说结婚了，她们甚至在恋爱期间就已经在为"离婚后"做打算，不好惹的"女强人"形象跃然纸上（2015年1月22日登载/《日刊CYZO》）。

比起日本，中国和韩国至今残留"男人应该养家糊口""女人应该守住贞洁"之类的观念有过之而无不及。想必正因如此，韩国人才更容易认为"如果有婚前性行为，就应该签署婚前协议以表诚意""应该由男性表白"吧。

而另一方面，中韩两国女性果断划清"恋爱与结婚是两码事"，应该与严峻的社会格差、经济状况以及家庭关系纽带和羁绊也并非毫无关联。

在欧美式与亚洲式之间摇摆不定的日本年轻人

那么，与他们相比，日本年轻人如何呢？

首先，在接吻与性方面，日本年轻人相当接近"欧美式"，他们已经拥有仅接吻的朋友（嘴友）或性伴侣。尽管我认为是时候向西式恋爱转变，撇开表白，将性作为"初期了解对方的一种手段"。然而日本与至今残留贞操观念的韩国和中国相类似，"发生性关系前，应该首先表明对感情的认真程度""应该由男性表白"之类的"亚洲思维"根深蒂固。

相对于韩国和中国的主流观念"恋爱与结婚是两码事"，日本年轻人又如何呢？

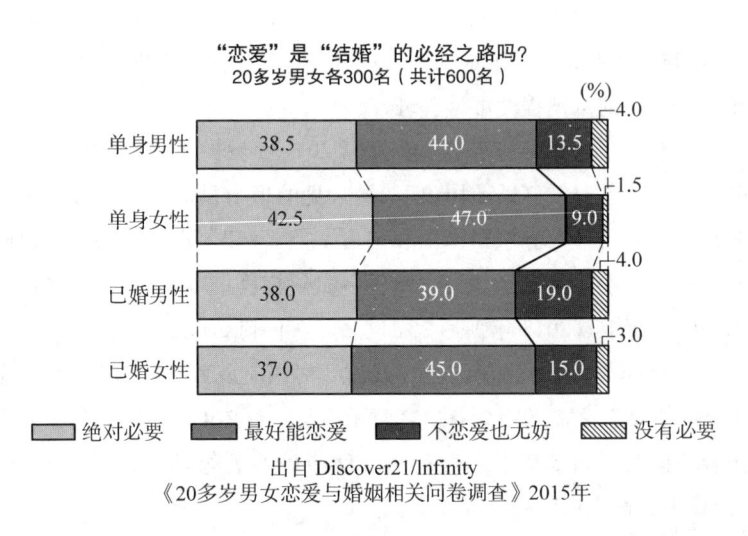

"恋爱"是"结婚"的必经之路吗？
20多岁男女各300名（共计600名）

	绝对必要	最好能恋爱	不恋爱也无妨	没有必要
单身男性	38.5	44.0	13.5	4.0
单身女性	42.5	47.0	9.0	1.5
已婚男性	38.0	39.0	19.0	4.0
已婚女性	37.0	45.0	15.0	3.0

出自 Discover21/Infinity
《20多岁男女恋爱与婚姻相关问卷调查》2015年

正如我们所想象的那样，日本年轻人达不到将恋爱婚姻分离的程度。没有像韩国女性那样"如果找不到合适的对象，不结婚也无妨"，至今仍有九成的日本男女表示"总会有一天想结婚"。

在本次关于"恋爱是结婚的必经之路吗？"的调查中，也仅有3%的单身男女断言"没有必要"。将两者划清界限的男女少之又少。

他们尽管对"婚姻是现实生活，需要一定的经济实力"心知肚明，但仍然很难像韩国和中国那样将"无爱（无恋爱感情）"的婚姻考虑在内。

日本年轻人身体上追求欧美式颇具情趣的情感、自由恋爱及自由的性，而心理上却需要亚洲式的契约，比如"交往前应该表白""发生性关系前，需要确定自己是唯一"等。

或许与性厌恶和纯爱热潮的影响也有关系，可以肯定的是，如今日本年轻人正处于摇摆不定的状态，无法决定选择"哪种形式"。

他们说"不表白，就不可能有认真的恋爱与性"，同时又抱怨着"表白的门槛太高"，"憧憬着有一天能恋爱结婚"，却又觉得"恋爱很麻烦"，沉陷在矛盾重重的漩涡里。

那么，如何解决这种矛盾呢？

想必最佳之策是将恋爱与结婚分开看待。

恋爱与婚姻原本便不可以混为一谈，在男女平等、并肩工作的现代更是如此。

恋爱与婚姻原本就相互矛盾

恋爱与婚姻的统一原本就内含矛盾。理由之一为**生理性与科学性的矛盾**。

在第一章中，我们介绍了费舍尔的理论，即"热恋的保质期是3年"，准确地说，恋爱还有第二个阶段，被称为"幸福激素""治愈激素"的血清素与β内啡肽在此大显神通。

在恋爱的第一阶段，大脑会释放出掌管快乐的多巴胺，"若与这个人接吻，似乎可以变得幸福"之类的期待会让人心中雀跃，走向盲目的恋爱与生育（性）。由于男女都需要吸引异性，于是激素的分泌在他们体内也异常活跃。

然而，第二阶段中释放的血清素与β内啡肽是治愈系物质。它们抑制了恋爱初期的欣喜雀跃，有助于男女双方走向平静生活并养育子女。在该阶段中，男性体内的男性荷尔蒙"睾丸激素"大幅下降。

美国雪城大学社会学博士艾伦·马祖尔（Allan C. Mazur）的研究（1998年）显示，男性在处于稳定的恋爱或婚姻关系时，很早便会开始有"做父亲的准备"。虽然睾丸激素在下降，但同时也更容易分泌出催乳素，一种可以产生母乳、激发母性本能的激素。

通常男性会在结婚几年后开始发胖，也被称为"幸福肥"。科学家认为这是由于"生理性代谢与睾丸激素下降，导致他们失去粗犷性感的男性魅力，因而容易发胖"。

换言之，在恋爱初期无论女性想与多么"有男人味"的男性结婚，在经历幸福的婚姻生活及生育之后，他们都会失去男人味。准确地说，睾丸激素水平会在此后恢复至正常。但无论从生理性还是科学性的角度来看，生活及养育子女所需要的均为母性，而并非"男人味"。比起兴奋，他们更需要的是平静。因此，男性体内会产生激发母性的催乳素，男女体内都会释放让人平心静气的血清素。

理由之二为现代所特有的夫妻并肩工作与奶爸愿景的矛盾。

厚生劳动省的调查（2013年）结果显示，生育后仍继续工作的女性比例逐年增加，如今是孩子10岁左右时，七成以上的母亲都在工作的时代。中央大学教授山田昌弘指出"在不久的将来，该比例或许会达到九成"。究其原因，主要是社会整体劳动力短缺以及女性步入社会，男性年收入增长无望。

不仅如此，正如前文所述，年轻一代单身男性中九成以上希望"未来的妻子继续工作"，期待婚后妻子有"赚钱能力"和"男子力"的男性也与日俱增。

另一方面，女性的情况如何呢？同样对未来丈夫的期待不仅限于赚钱。日本国家第三方机构的调查结果显示，竟有高达62%的女性

（18—34 岁未婚）表示"重视结婚对象（未来丈夫）的'家务能力'"。更令人惊讶的是，这比"重视经济实力"的占比还高二成（2011 年/国立社会保障·人口问题研究所）。

由此可见，女性婚后强烈希望在丈夫身上找到"女子力"。

当然，在恋爱初期与性冲动相连的"男人味"和"女人样"不可或缺，但并不能断言它们在婚后生活中也扮演着重要的角色。近年来，人们进一步认为丈夫也需要女子力，而妻子亦需要男子力。

鉴于上述原因，别说恋爱与婚姻原本内含矛盾了，简直就是相互对立的。极端地说："把两者混为一谈极其危险。"

是时候从恋爱结婚的幻想中解放出来了

市场营销领域中有一个经常使用的行为心理学术语叫"认知失调"。

例如，当夜深人静不知从何处飘来咖喱香味，突然产生"想吃咖喱"冲动的时候，想必多数人脑海中首先会浮现出传统咖喱饭。然而已经是半夜了，吃白米饭会变胖，况且也没有那么大的胃口……

那么人们会怎么做呢？"想吃咖喱饭""但不要吃白米饭"，人们意识到这两者间的矛盾（不协调），会尝试修改其中一方。因为如果不强行解决认知失调，便只好抑制自己的需求，在失调的状态中心神不宁（一致性法则）。

此时，人们如果不想修改"不要吃白米饭"的条件，便会将注意力转移到另外一方，"好吧，我并非'想吃咖喱饭'，只是'想吃咖喱'。那我也可以选择不含米饭的汤咖喱或咖喱面包"。

结婚同理。

当多数年轻人回答"想结婚"时，想必他们憧憬的仍是 1980 年代的"恋爱结婚",当时美国电影与热播剧中经常出现经历热恋后走进婚姻殿堂的桥段。即使心里明白"现实生活中没有那种程度的热恋",但因为认知里不存在未经恋爱就结婚的观念,所以还是会为"不谈恋爱,无论如何也不能结婚"而失落。

换言之,"想(恋爱)结婚""但恋爱太麻烦了"。人们意识到了两者间的不协调,如果不试图对其中一方做出改变,便只会焦躁沮丧、心神不宁。

不过,那仅是因为他们不知道婚姻中也有汤咖喱和咖喱面包般的存在。事实上,如同存在各式各样不配白米饭的咖喱菜单般,结婚也有多种形式。

诚然,他们一旦将恋爱与结婚分开看待,能够着眼于形形色色的婚姻,便会轻松得多。如果意识到"是啊,我并非想要'恋爱结婚',只是想'结婚'而已",或许他们中的九成会比如今更自然地接近所憧憬的婚姻。

在本次调查中,当问及"恋爱是否结婚的必经之路"时,只有前述的3%受访者断言"没有必要",而表示"不恋爱也无妨"的单身男女共计占比14%,已婚男女共计21%,绝非少数。理由如下:

"恋爱感情与婚姻生活是两码事。"(20多岁男性・已婚)

"就算不谈恋爱,也可以关心对方。"(20多岁女性・单身)

"我觉得恋爱与婚姻的背离会成为离婚的原因。"(20多岁男性・单身)。

法国哲学家蒙田有言:

"没有什么会比靠美色和情欲捆绑的婚姻更快地引起纷争,导致失败。"

法国作家波伏娃因"吸引男人是一门艺术,守住男人是一门差事""结婚并非以保证男女双方的幸福为目的"等名言而家喻户晓。她并没有与哲学家萨特登记结婚，而是选择了一种特殊形式的"契约婚姻"，或许是因为深切感受到了"恋爱与结婚是两码事"吧。

无论是在生理上，还是在现代社会中，将恋爱与结婚"混为一谈都极其危险"。

事实上，部分男女已经对传统 1980 年代的恋爱结婚模式丧失了信心，开始将注意力毅然转向多种多样的男女关系、"合作式婚姻"，以及合理又合利的"性价比婚姻"。在最后一章里，让我们一起去看看目前的实态吧。

第三章
从恋爱结婚到"合作式婚姻"

——接纳圈外婚、性价比婚等多种多样的婚姻形式吧!

我们暂且将恋爱与婚姻分开来考虑。社会发展至此,想必依然有人认为"不结婚也无妨"吧。

若干调查结果显示,九成左右年轻人表示"想结婚""早晚要结婚"(2010年/国立社会保障·人口问题研究所)。话虽如此,若说他们"无论如何都想结婚",那倒也未必。

尽管如此,出于以下两点考虑,我仍然希望他们知道"除了咖喱饭以外,还有其他咖喱菜单",换言之,婚姻也存在多种形式。

第一点是,**"即使不擅长恋爱,也可以结婚"**的男女大有人在。

我在第一章中讲过:"如今20多岁的男女均有四成左右自认为属于御宅族。"他们痴迷于动漫、漫画与游戏,未必擅长与人相处和沟通交流。

然而,那会给婚姻生活带来多少障碍呢?

我丈夫也属于所谓**"理智御宅族"**中的一员。他毕业于国立大学理科专业,藏书可谓汗牛充栋,也喜欢像《现视研》(讲谈社)那样的御宅族主题漫画,《机动战士高达》周边游戏自不必说,偶尔还会看一些美少女主题的动漫。而且,他相当沉默寡言、不善言辞。

起初我有些不解,常抱怨他"有事为何不能对我直说"。不过那些在任何夫妻之间都可能存在,朝夕相处中一点一滴磨合就好。虽然说出来有些不好意思,但如今我自豪地认为他是天底下最好的丈夫。

自古以来,不善沟通的男女大有人在。尽管如此,在1970年代以前仍几乎人人皆婚。因为人们(尤其女性)几乎没有"不结婚"的选择,且当时不太需要沟通能力的"相亲结婚"形式占据主导。

诚然,**"恋爱结婚"变得如重视面试的求职般,沟通能力越强的人越受欢迎。**

沟通能力原本就强,自然再好不过。如果不够,夫妻二人还可以通过婚后培养。我在采访相亲结婚又不善于积极沟通的夫妻中,也发现了不少这样的案例。

另外,近年来常听到忙于婚活的年轻人的叹息如下:

"朋友对我说,'你啊,好像也能结婚,但眼前这恋爱估计谈不成'。"

一般来说,他们叹息的主要点是不善言辞。恋爱经历几乎为零,加之不了解能讨女生欢心的约会圣地。尽管如此,每天勤勤恳恳地工作,年收入也还不错,人品同样值得信赖。而且,他们中有不少人喜欢孩子、喜欢"做饭和打扫卫生",比起那些花言巧语、八面玲珑、花天酒地的男性,他们应该更适合结婚。若沦为"结婚难民",就太可惜了。

我想介绍多样化婚姻形式的另一点考虑是,如今20多岁年轻人大多期望的**不是"恋爱结婚",而是"合作式婚姻"**。

例如,日本国家第三方机构有关"结婚的好处"的调查结果显示,位列前三的好处男女(18—34岁)均为"拥有小孩和家庭""可以获得让人平心定气的场所""满足父母与周围人的期待"。以上三者均超过了排在第四位的"可以与相爱的人共度余生"。

在女性受访者中，回答"经济上有所宽裕"的人也不在少数。相对于第四位"可以与相爱的人共度余生"占比的18％，回答"经济上有所宽裕"的占比为15％，两者之间仅有3％的差距（2010年/国立社会保障·人口问题研究所）。

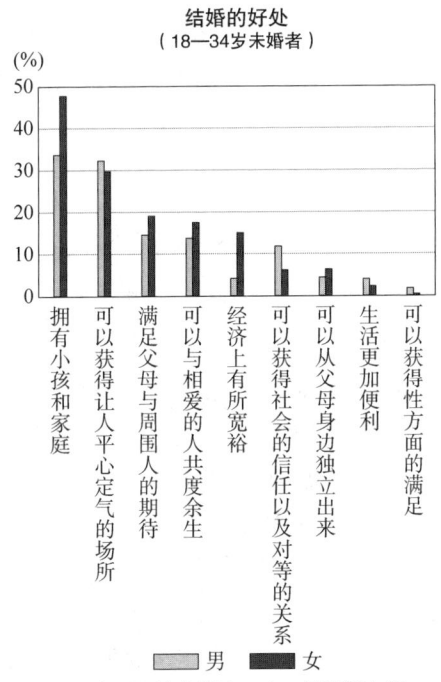

结婚的好处
（18—34岁未婚者）

项目	男	女
拥有小孩和家庭	约33	约48
可以获得让人平心定气的场所	约32	约30
满足父母与周围人的期待	约15	约19
可以与相爱的人共度余生	约14	约18
经济上有所宽裕	约5	约15
可以获得社会的信任以及对等的关系	约12	约6
可以从父母身边独立出来	约5	约6
生活更加便利	约4	约3
可以获得性方面的满足	约2	约1

出自国立社会保障·人口问题研究所
《第14次出生动向基本调查（单身者调查）》2011年

其他民间调查结果也显示出，位居未婚女性（二三十岁）"想结婚的理由"榜首的是"想要小孩"，比"想与同一伴侣共度余生"更高一等。此外，在对婚姻生活的印象（正面评价）方面，"有困难时可以互相帮助""经济上有所宽裕""可以参加全家人的大聚会"等回答同样位列前茅。

不谈恋爱的年轻人

在婚姻伴侣理想型中，居首位的是艺人大泉洋。理由为"和他在一起时似乎会很安心、很快乐"，其排名远高于向井里、竹野内丰等偏"恋爱"系的帅气男演员（2015年/乐天调查）。

如今年轻人所寻求的是在一起时心平气和、有安全感，或者能感受到"欢乐"的、如同朋友般的婚姻伴侣。他们不仅重视夫妻间的关系，而且重视与周围人以及父母的相处。因此，就该意义而言，或许与前述诺特所评价的日本明治、大正时期的"**友情婚**"如出一辙。

已然无法忽视的"同性婚"

如今，从积极意义上来说，"不拘泥于恋爱"的"特别情侣"们已经开始尝试各式各样的婚姻形式，将注意力转向"多样婚"。

其中最具代表性的想必非男男或女女的"**同性婚**"莫属。

2015年3月，东京涉谷区通过了《同性伴侣条例》。该条例虽然不具备法律效力，但承认同性伴侣"与婚姻相当的关系"，并为其颁发证书。次月，女星一之濑文香与女演员杉森茜二人身着白纱，举办了同性婚礼。

然而，现行宪法（第24条第1项）规定"婚姻仅建立在两性自愿结合的基础上"，只有在两性（男性与女性）双方同意的情况下才生效。据悉，当年4月，她们两人向涉谷区以外的某区政府提交了结婚申请，但办理窗口的工作人员却说"因为你们双方都是女性，所以无法受理"，最终她们只拿到了不受理证明。

但如今的时代，连职场上也需要"**多样性**"，需要持有不同价值观的男女、外国人及残疾人士们集思广益。经济学家森永卓郎曾指出，"唯有拥有多样化选择社会的国家，才可谓富国"。的确，在发达的资本主义国家,持有不同价值观的人可以根据自己的审美意识来选择他们所认为的"对的人",至少在多样化选择这一点上是有意义的。同性婚姻是否应该在法律上得到承认是另一回事,但重要的是至少要创造出一个能够接纳年轻人选择多样化婚姻形式的社会。

国外已经开始行动。

2015年6月,美国最高法院根据宪法规定的法律面前人人平等条例,承认了全美范围内的同性婚姻。一直以来受制于不同州规定的同性伴侣,从此可以在美国任何地方享受与异性婚姻同等的权利。

在多种族多民族聚集的欧洲,同样有很多国家承认同性婚姻。例如,荷兰、比利时、西班牙、葡萄牙、瑞典与丹麦等。英国和法国也于2013年相继通过了承认同性婚姻的法律。

益处满满的蓝海市场"圈外婚"

近年来,选择多样化婚姻形式的伴侣显著增长,他们的选择虽不及同性婚那般决绝,但也曾被视为极少数派。例如,双方年龄相差悬殊的"**年龄差婚**"、与外国人结婚的"**跨国婚**",以及主要靠妻子养家糊口的"**反转婚**"。

我将这类伴侣(或许有些用词不当)称为"**圈外婚**",并试图不拘泥于这些**圈外男女以前被扣上的"不会和那种人结婚"的刻板印象帽子,重新考量他们的魅力**。

截至目前的采访中,似乎女性圈外婚多发生在30岁左右,当同龄人都在匆忙结婚的时候;或者40岁左右,濒临最佳生育年龄上限的时候。在男性中,比起工作更喜欢做饭和家务,或者强烈渴望"家庭"的人,更容易步入圈外婚,究其原因是他们想"尽早结婚"。

洋平(24岁)表示:"恋爱可能会遭到背叛,因此不值得付出全部。而婚姻只要尽己所能,就能收获孕育子女、组建家庭的回报。"

他对年龄差婚和反转婚也非常感兴趣,还表示自己擅长烹饪,希望成为全职家庭主夫。

另一方面,从事介护工作的友香里(29岁)表示:"什么情啊爱啊的,我已经无路可选了。"

她在东京都内某诊所做了时下热门的"卵巢年龄检查",被告知卵巢年龄指标"AMH(一种发育中卵泡分泌出来的雌性激素)"值很低,医生建议她"最好尽快怀孕"。

后来,友香里通过婚活与两名男性交换了联系方式。两人都是比她大12岁以上的当地公务员。她对他们并没有任何好感,但仍苦笑着说:"想和生理上不排斥的人结婚,不管怎样先赶紧生个孩子。"

圈外婚的魅力之一,用经济学术语来讲,即"**蓝海市场**"。

顾名思义,"蓝色的海",与现有市场的"红海"(血腥争斗、高度竞争的区域)相比竞争没那么激烈。因为圈外婚先进前卫,关注到的竞争对手少之又少,若以此为目标,成功率也高,迅速"邂逅→结婚"指日可待。不仅如此,圈外婚还有许多独有的优势,这些优势正是20多岁年轻人常说的"普普通通的另一半""三平"所不具备的。

【年龄差婚】

正如前文所述,近年来,圈外婚的代表——"年龄差婚"伴侣与日俱增。

某婚介所调查结果显示,"丈夫比自己年长11—15岁"的女性比率在5年间从13%涨至38%(2009年/Alpa)。厚生劳动省的调查结果(2013年)也显示出,自2005年以来,一成以上初婚夫妻"丈夫比妻子年长超过7岁"。

尤其是2002年,离婚案件突破29万创下历史新高时,大批条件可观的"三高"① 离异男性重返婚姻市场。近来,夸口自己"比起初婚男,更想找离异男"的女性们同样引人注目。

不过,年轻女性并非仅"因为年上男比同龄人收入高"便对他们动心。深入采访后更令我惊讶的是,那些认真地犹豫着是否要嫁给比自己年长10岁以上年上男的女性,绝大多数甚至已经考虑到"未来给丈夫换尿布""即便如此也能接受"的地步。虽说年纪小些,可女性毕竟还是现实的。

顺带一提,在多数妻子看来,"丈夫年长"的年龄差婚益处是:

1 他稳重包容、踏实可靠;

2 他知识面广、办事有经验;

3 他地位稳固、收入稳定。

如此等等。尤其是那些愈发觉得同龄男性"不可靠"的女性更有可能被1、2所触动而选择年龄差婚。

另一方面,近年来,"妻子年长"的姐弟婚同样与日俱增。

厚生劳动省某项调查结果显示,每4对初婚夫妇中便有1对,即24%的初婚夫妇妻子年长,该比率甚至高于"同龄婚"(21%)。其中"妻子较丈夫年长4岁以上"的占比也高达7%,姐弟婚数量稳步增长。男性中向往姐弟婚者也不在少数。某项调查显示,20多岁男女皆为每3人中便有1人(32%—33%)表示"可以接受妻子比丈夫年长10岁以上"的婚姻(2014年/明治安田生活福祉研究所)。

在本次调查中,当问及"(暂且不论哪一方年长)**对10岁以上年龄差婚的看法**"时,20多岁女性(单身)的四成及同年龄段男性(单身)的三成表示"**赞成,想尝试**"。仅有未满二成的男性与不足一成的女性表示"反对"。

---

① 高学历、高收入、高个头。

在妻子年长的伴侣中，年轻丈夫感受到的益处与上述"妻子年轻"的情况大同小异。相反，在年长妻子看来，姐弟婚的益处是：

1 他温柔，且毫不掩饰地认可身为女性（年长）的自己；
2 他是温顺的治愈系，会给予我"崇拜的目光"；
3 他拥有光彩夺目的青春朝气，自己也仿佛可以返老还童。

例如，就职于某家大型活动筹办公司的安子（44岁），4年前，在她40岁时，与同公司的后辈吉弘（34岁）跨越10岁的年龄差，步入了婚姻的殿堂。

对安子来说，结婚前吉弘的沟通能力可谓"全公司最差"。某天，她被上司要求在一个公司内部项目中与吉弘组队，直叹气"真倒霉"。因为在她看来，自己毕业于知名国立大学，还有两年英国留学经历，而小自己10岁的吉弘看起来一点也不男人，简直就是"草食系"无疑。

然而，感情往往在不经意间生根发芽。在加班后疲惫归家的夜晚、在他们出差海外归来以后，安子脑海中总是浮现出吉弘的脸庞。她并非"想体恤下属"，而是担心他"有没有平安到家""工作中有没有出现失误"，甚至还向他的家人询问过。

直接促成他们两人结婚的契机是2011年3月发生的东日本大地震。

安子的老家位于宫城县气仙沼市。当时，与母亲离婚之后一个人在老家生活的父亲正处在震灾地。失联10多天后，她终于从电话那头确认了父亲的平安，听到父亲问她"你也还好吧"的时候，顿时泪如雨下，悬着的心终于落地。

在那之后不久，吉弘尽管没有把握，还是向安子求了婚："你愿意和我共度余生吗……"安子不假思索地点头："我愿意。"两人仅交往了半年便步入了婚姻的殿堂。

当时，安子说："回顾40年（当时）的人生，我交往过不少更有男子气概的人。即便如此,对现在的我来说,最珍惜的还是这个'依赖我'的年下男。正因为有他,我才感到自己被需要,未来也会更加努力。"

如今两人已经结婚第 5 年了。期间,他们也面临过流产和离婚的危机。丈夫尽管 34 岁了,却仍然像个被宠坏的孩子。安子不得不加班时,他甚至吃工作的醋,抱怨"为什么要加班到这么晚呐"直截了当地表达心中的想法。安子也不会去怪罪他,反而觉得他有点可爱。虽说已不再有恋爱般小鹿乱撞的感觉,但再没有什么比与直率的他在一起更加治愈的事了。

【跨国婚】

2014 年 9 月开播、历时半年的 NHK 综合频道热播剧《阿政》轰动一时。

剧中主人公龟山政春(俗称阿政)与苏格兰女孩艾莉跨国结婚。现实生活中的人物原型是一甲威士忌创始人竹鹤政孝与妻子丽塔。在当时那个年代(大正时代),国际婚姻即"跨国婚"可谓寥若晨星。

即使在距今 50 多年以前的 1965 年,跨国婚全年也不足 5000 例,即"每 230 对夫妻中仅有 1 对"。不过,自那以后跨国夫妻开始渐渐增多,1989 年为 2 万对,2005 年突破 4 万对,2006 年,甚至达到 4.5 万对,创下历史新高,即大约每 16 对初婚夫妻中便有 1 对是跨国夫妻(厚生劳动省)。如此一来,与其说跨国婚属于圈外婚,倒不如说它是名副其实的主流婚。

不过,准确地说,近年来跨国婚呈递减趋势。从结婚夫妻的整体状况来看,比例大约为"每 30 对夫妻中有 1 对"。

据说,跨国婚减少的最大原因是 2005 年日本修改了《入管法》[①]。

[①] 《出入国管理及难民认定法》。

不谈恋爱的年轻人

日本政府出于治安方面的考虑，加强了对外国人在留资格的审查力度。从那时起，日本男性与菲律宾女性结合的跨国婚大幅度减少，2006年时超过1.2万对，到了2013年已减至3118对。

与此相对，日本女性与外国男性结合的跨国婚自2007年以来几乎没有减少。或许是因为同欧美人结婚的艺人后藤久美子（事实婚姻）和嫁给德国籍赛车手迈克尔·克鲁姆的网球名将伊达公子为代表的名人效应，又或许与漫画家小栗左多里的人气漫画《达令是外国人》也不无关系，该漫画讲述了她与男友（美国人）的恋爱与婚姻，令跨国婚更贴近人们现实生活。

该漫画的粉丝希美便是跨国婚中的一员。她在东京某非营利组织工作，3年前与一名韩国男性步入了婚姻。

5年前，希美出于兴趣去韩语班学习，在那里邂逅了尹老师。尹比希美大8岁，碰巧两人回家顺路便结伴同行，在希美家花园里的聊天让二人之间擦出了火花。

起初希美试图用刚学会的韩语沟通，然而进展并不顺利。于是，尹说："公平（平等）起见，下次我用日语与你交流。"

事实上，希美与尹在一起之前，曾与一名德国男子交往过。虽说不可一概而论，但通常来说外国男性"男女平等"意识很强，而且做任何事情都积极主动、行动迅速。两人第一次顺路回家的那天，尹便给希美发去一条短信说"我喜欢你"。希美当时对他完全没有好感，但直觉告诉她："似乎可以与如此有行动力的人一起走下去"。

德国前男友只顾追寻自己的梦想，虽说两人爱得轰轰烈烈，但感情并不长久。而尹会"为两人的将来打算"，除日语以外，还开始了中文的学习，并通过为数不多的人脉，找到了可以让他发挥特长、教授跆拳道的地方。不仅如此，尹擅长烹饪，除买书外从不乱花钱。在异国他乡的他正一步一个脚印开辟着一片新的天地。

希美表示："我赌的是他的内驱力与生命力。"因为经济并不宽裕，所以两人暂时不打算生孩子。因为彼此都很忙，而且空闲时间凑不到一起，所以也很久没有性生活了，属于彻头彻尾的朋友夫妻。尽管如此，希美仍然微笑着说："只要跟他生活在一起，就会学到很多东西。"

不止希美，在之前的采访中也有许多跨国婚男女列举益处如下：

1 他们（外国异性）决断果敢、行动迅速；
2 他们男女平等意识强，更容易一起"分担"家务与生活费；
3 他们懂得享受下班后时光、休息日、余暇及生活的点点滴滴。

通常情况下，当听到"跨国婚"时，大概多数人脑海中会浮现出"亚洲女性与日本男性"或"欧美男性与日本女性"的组合。的确，对于日本男性来说，绝大多数跨国婚是与亚洲女性组成家庭。即使2005年《入管法》修订以后，多数仍然是与中国、菲律宾、韩国/朝鲜、泰国女性的组合，共计占男性跨国婚整体的85%。

不过，对于日本女性来说，与欧美三国（美国、巴西、英国）男性组合的跨国婚占比仅为28%。女性跨国婚榜首是韩国（28%），其次是美国，中国位居第三（12%）。事实上，**日本女性的跨国婚同样是与亚洲男性组合**占主流（2013年/厚生劳动省）。

究其原因，中央大学教授山田昌弘在《东洋经济周刊》（2012年6月30日号）中指出："因为亚洲其他国家处于上升期，而日本却停滞不前。"

山田昌弘在对中国香港地区及新加坡的调查也显示出，近年来越来越多的日本女性与当地男性结婚。究其原因，或许是日本女性的时尚讲究，且擅于做男人的贤内助，受到亚洲男性的欢迎。但这些并不是全部原因。

与亚洲其他国家男性结婚的日本女性清一色地表示："日本男性

太老实了，说话很没劲""（亚洲其他国家男性）在任何事情上都能直截了当地表达自己的想法，这一点很合我意"。

山田昌弘指出，"也有不少女性对优柔寡断的日本男性感到焦躁，从而将目光转向了外国男性"。尤其是那些不断追求物质经济、努力发展事业的亚洲其他国家的男性，与内向、停滞不前的日本年轻人相比，显然更有活力和能量。

日本社会或将面临着愈发严重的两极分化：**全球化的女性与加拉帕戈斯化**①**的男性**。

近来，不必远渡重洋，外国人的身影近在身边。例如，大学里的留学生、入职日企的外国员工以及外国游客等。如今的时代，在家也能通过Skype或Facebook等与他人轻松见面，交流愈发无国界、低门槛。

本次调查结果也显示出，**36%的女性**，即每3人中便有1人以上对跨国婚表示**"赞成，自己也想尝试"**，相同回答的男性比率较女性高出一成。

【反转婚、格差婚】

在日本，女性收入明显高于男性的"反转婚"和"格差婚"仍存在不被接受的一面，想必是由于会给人一种"女性的高收入造成了男性低收入"的印象吧。不过海外这种情况早已见怪不怪。在美国，有**四成夫妻是妻子收入高于丈夫的反转婚**。

---

① 加拉帕戈斯是一个孤悬于南美大陆的群岛，又名科隆群岛。因长期与世隔绝，进化出一套独特的生态系统，催生出一些独特的物种。这些物种仅适合生存于该岛，否则会产生极大的不适应。加拉帕戈斯化是日本商业用语，用来比喻在孤立的环境下所做出的进化缺乏与区域外（国际）的沟通能力、互换交流，导致适合孤立环境下的产品进入区域外市场后出现水土不服，最终陷入危险的境地。例如日本手机产业的一骑绝尘到日暮西山。也可以简单理解为孤岛模式。

美国早在 2007 年，"妻子高收入"的增长趋势已经颇为显著。某调查机构在对比 1970 年与 2007 年 30—40 多岁夫妻收入时发现，妻子为高收入一方的夫妻从 4％跃升至 22％（2010 年/皮尤研究中心）。在 3 年之后的 2010 年，美国劳动统计局汇总"妻子收入超过丈夫的家庭"数据时，该比率进一步升至 38％，高达大约四成。

近年来，**反转婚在亚洲国家里同样与日俱增**。

例如，韩国国家统计局某项调查（2015 年）结果显示，大约有 530 万户家庭是女性作为一家之主，超过家庭总数（约 2000 万户）的四分之一。

另外，近年来，丈夫承担家务的"全职家庭主夫"也有所增加，中国台湾也呈现出同样趋势。

韩国国家统计局之前的调查（2007 年）结果显示，韩国"主夫"人数在 3 年间增加了四成以上，达到 15.1 万人。无独有偶，中国台湾"行政院"的调查（2014 年）结果也显示出，中国台湾地区内的"主夫"人数在 4 年间激增了 1.5 倍，截至 2014 年已逼近 5 万人大关。

这一系列现象是女性的高学历化、步入社会，以及男性的就业困难使然。

日本也不例外。日本长期人口普查（总务省）结果显示，2000 年时仅有大约 1.6 万名全职家庭主夫，2005 年时增加至 1.3 倍，达 2.1 万名，2010 年时，激增至 6 万名。5 年间增加到 3 倍左右。

尽管如此，若单看"全职家庭主夫"人数，日本甚至不足 5％。然而如若女性进一步步入社会，而男性仍旧持续就业难、涨薪难状态的话，那么包括"家庭主夫"在内的反转婚势必会有增无减。

事实上，在未满 30 岁的单身群体中，男女的平均税后收入已经近乎无差，月收入均为 25 万日元左右。其中，就可支配收入而言，女性（218156 日元）比男性高出大约 2600 日元（2009 年/总务省）。

如若仍然固步自封在"男人是家里顶梁柱"的旧观念中，未来结婚只会愈发困难。相反，**那些转变观念，"不太在乎到底哪方收入更高"的男女似乎会更快收获幸福。**

例如，前面提到的吉弘。他与比自己年长 10 岁的安子结婚，两人在同一家公司工作，"如果比年收入，估计我要比她少 200 万左右日元呢"。

说"估计"是因为他并不清楚妻子的确切工资。吉弘虽说比妻子小 10 岁，但总归有男人的自尊心。他知道两人收入存在差距，但即便如此，看到具体的数字还是会闷闷不乐。因此，他们本着"各花各钱"的原则，共同分担房租与餐费，并不过问对方花销的细枝末节。

如若吉弘通过婚活等途径与同龄女性结婚，想必对方收入会与他比肩，或者更低。男人的自尊心是保住了，但他认为完全没有必要。在经历地震以后，他深刻体会到了生命的宝贵，想早点要孩子，而且有安子各个方面的引导，轻松又愉悦。这样的关系令他很惬意。

建（26 岁）正在为成为一名游戏总监而努力。他在居酒屋等地方兼职，月收入 17 万日元左右。女朋友比他大 2 岁，在一家奢侈品公司的广告部工作，月收入应该将近 40 万日元，不过建说："不清楚她的实际收入。"

相识 4 个月之后，某天她突然问建："如果我们结婚，你可以承担全部家务吗？"在此之前，他们只是趁着酒意亲吻过，并没有发生性关系。连交往的实感都没有，突然被问及"结婚"时，建不知所措。

但是她说："我不需要约会什么的""哎？你不讨厌我，对吧？"

建重新思考了一下："嗯，或许算得上喜欢吧"。接下来不出所料，"那我们可以睡一起了吧"。

初夜后的第二天早上，建表白"我喜欢你"。尽管表白与性的顺序颠倒了，但两人还是顺利地步入了婚姻的殿堂。冷不丁地迈入主夫生活，建第一次发觉自己有做家务的天赋。

"我现在就是一名家庭主夫，认清处境使我更容易找到自己的'生存空间'，心理上也轻松多了。而且，我多少也赚些钱，不会觉得自己是吃软饭的。"

不仅建，建的妻子也相当大胆。她在两人还没交往的情况下，便问建"你可以承担全部家务吗"。不过，用建的话来说，那是因为她"想尽快结婚"。开门见山地说出自己的想法，果断定下一场反转婚，不浪费时间。

反转婚中的女性通常会列举益处如下：

1 即使对方收入不高或正在跳槽，也不需要等他"一切安定下来"，可以立即结婚；
2 丈夫时间充裕灵活，可以积极参与家务和育儿工作；
3 即使妻子在某种程度上怠慢了家务，丈夫也不会过于不满。

尤其是那些"喜欢工作但讨厌做饭""不擅长打扫"的女性，似乎对反转婚毫不反感。在本次采访的20多岁女性中，也有多人表示"我热爱工作，如果可以的话，希望丈夫成为'家庭主夫'"。除此之外，本次调查结果也显示出，"想尝试"反转婚的单身女性，每5人中便有1人，占比19%，绝非少数。

不过，该比率在单身男性中更胜一筹，每4人中便有1人（24%）表示"想尝试"反转婚。仅从这些数字来看，似乎男性对反转婚更积极。但正如前文所述，他们的真心话是："如果能赚得足够多，我倒希望自己一个人去赚钱，妻子呆在家做主妇。"然而，那几乎是不可能的。那么夫妻两人都工作，妻子做家里的顶梁柱又有什么不可以呢……似乎多数男性会这样安慰自己。

因此，反转婚**夫妻相处融洽的诀窍在于"各花各的钱"，不过问对方的工资明细**。

如吉弘与建般，不去过问对方的实际收入，便不会为"自己赚得比妻子少那么多"而沮丧，在生活中互相照拂才是最重要的。

在对已婚男女的调查中，也有43％的夫妻表示"（两人工资）分别放在各自的银行账户中管理"（2014年/Money Forward）。由此也可以说，反转婚的根基已然固若金汤。

性价比至上的新型婚姻形式

接下来，我想谈谈或许更符合如今20多岁年轻人需求的"性价比婚姻"，他们更容易倾向于从性价比角度考虑一切问题。**若斟酌婚姻生活的精力、花销及压力等方面，这类婚姻形式比圈外婚目的更加明确，容易让人感受到"物有所值"**。

也有部分人认为有必要修改相关法律。不过，思想"先进"的男女们已经开始在性价比婚姻的路上尝试着摸索向前。具体来说，这些新型婚姻形式包括"**现代走婚**①""**本地婚**""**里山**②**婚**""**同居婚**"及"**繁衍婚**③"等。

---

① 这里特指法律上是合法夫妻，但不经常生活在一起，各自拥有个人私有时间及空间，只有节假日等双方都想见面时才在一起的新型婚姻形式。"现代走婚"在本质上有别于云南古老民族的"走婚"。后者源于其母系族社会的本质，而前者两人之间类似一种分栖共存的状态，与现代人追求独立的个性有密切关系。
② "里山"与人类居住的村落紧密相连，包括田地、池塘、山地、山林和草原等自然生态系统。介于原生林的"自然"与楼宇林立的城市的"人工"之间。
③ 这里特指仅以生子为目的的婚姻。

【现代走婚】

5年前,我采访了一些二三十岁的夫妻(当时)。虽说他们结婚了,但夫妻二人并非休戚与共般紧密相连,而更像是一种不远不近的"朋友关系"。我称其为"朋友式夫妻"。当时,敝司正与某大型住宅及食品制造公司共同开展对这一代人的长期调查。因此,也对他们进行了多次家访。

当时令我大吃一惊的是,一些夫妻在客厅及冰箱内部划分了界限。"从这里开始那边是'丈夫的地盘'""这部分是'妻子的世界'"。他们"异口同声"地介绍:

"不擅自动用对方'领地'内的物品是基本准则。"

"因为饮食习惯不同,所以平时主要是'自给自足(夫妻各自准备食物)'。"

"不希望丈夫触碰更衣室等'私人(妻子)空间'里的物品。"

在我看来,这简直如同偶像团体"AKB 48"成员间的相处模式。

换句话说,在周末等休息日里,夫妻二人会与家人聚在一起,去露营或烧烤。但日常生活中,都是单独行动,享受各自的兴趣爱好。

如同组合解散那般,也有些夫妻离婚时只说一句:"我们散了吧!"真令人难以置信。

通常情况下,当人们听到"走婚""周末婚"时,脑海中或许会联想到平安时代,抑或曾经的热播剧(永作博美主演)《周末婚》(TBS),空气中弥漫着"恋爱的味道"。

然而,在现代,那些形式听起来的确平淡了许多,夫妻之间沦为一种近似朋友的感觉。

【周末婚】

地方公务员康(39岁),在5年前接受采访时已经结婚2年了,但一直与妻子过着分居生活。两人关系并不糟糕，也不是因为工作不能带家属。夫妻二人明明只相距 30 分钟电车的车程，却不住在一起。

妻子住在父母家，康住在结婚前置办的单身公寓内。那套三居室的房子有 60 多平方米，却没有妻子的容身之处。房间里成排摆放着他出于爱好收集的美式杂货、手办和高达模型，衣橱里也塞满了旧衣服和收藏品，的确没有地方下脚。

如若在以前，康尽管不情愿，应该也会为了妻子舍弃自己的爱好。但如今的他不愿这样，"丢掉了兴趣，就等于否定了我的人生"。妻子也表示"住在父母家更轻松"，于是选择了分居。

从那时起，妻子仅在周末往返丈夫家的"周末婚"拉开了帷幕。不久后，当双方都忙时，便演变成往来频率更低的"月末婚""分居偶尔走婚"。

后来，直到 2 年前妻子怀孕，两人一直处于"现代走婚"状态。康住在自己的公寓里，妻子住在父母家，伙食费各自负担。斟酌了婚后搬家及购置新家具等费用，康认为还是继续分居"性价比更高"。

【别居婚】

在制药公司工作的静子（29 岁）笑称："别居让我享受到了一个人的舒适。"

静子是经上司介绍与丈夫相亲结婚的，这种方式在如今已然少见。2 年前，二人登记结婚，正准备"培养感情"时，在集团公司上班的丈夫却被调往福冈工作。

静子是理科研究生毕业，目前公司里唯一可以让她发挥专业知识的地方是关东地区的研究所。如若跟随丈夫去福冈，便意味着得立即辞职，于是她毅然决然地选择与丈夫别居。

1 年后，公司的福冈大客户（外资）撤出日本，仅 1 年时间丈夫便被调回了东京。但在此期间，静子已经搬到离父母家不太远的一室公寓居住。她日日晚归，母亲担心地对她说："要不我去给你做点饭吧。"

静子居住的一室公寓面积只有 30 平方米，夫妻二人居住的话略显拥挤。加之丈夫的上司还透露"可能再调他到别的地方工作"，静子觉得再次改租"得不偿失"。

最终，丈夫租下另一套一室公寓，两人开启了现代走婚的状态。

"但说实话，这并不是唯一的原因。"

静子从未离开过父母，婚后丈夫被调往外地时，她第一次开始独立生活，按照自己的节奏处理一切事情。即使内衣扔得乱七八糟，也不会妨碍他人。太自由了！她感觉"自己仿佛是一只被放归原野的小鸟"。

他们自始至终没有告知公司别居婚的实情。因为在现行制度下，一旦被公司发现，便拿不到配偶津贴。静子虽然感觉"自己好像在欺骗公司，有些内疚"，但目前并不想改变这种可以埋头搞研究到深夜的生活状态。

最重要的是，如果哪天做研究时解剖了小白鼠（老鼠），就很难再剁鱼切肉做饭了。这时候一个人住便可以向母亲撒娇，让她来做饭。

当我采访像静子一样赞同抑或已经践行着周末婚、现代走婚的年轻人时，他们列举的益处大致如下：

1 可以按照自己的节奏工作和生活，不会因彼此调职而困扰；
2 可以一直保持新鲜感；
3 分开住更方便与自己父母来往。

其中，男性列举的多为第一点，女性多为第一和第三点。第一点作为男女的共同心声,正是越来越多的女性希望婚后也能继续工作,不少情侣将婚期搁置,"等他调回总部再考虑"的真实写照。正如前文所述,未来"大约仅有一成女性会一直做全职家庭主妇",因此想必**两人无意间开启别居婚的夫妻会与日俱增吧**。

另一方面,在对列举第三点的女性进行深入采访时,同样隐约可以窥见其背后"超恋父母"的实态。

目前大约有65%的二三十岁夫妻婚后**"近居"**在距离某一方父母家不到30分钟路程的地方(2014年/国立社会保障·人口问题研究所)。在东京和名古屋,大多是住在妻子父母家附近。

生子后自不必说,就连在新婚燕尔之时,也是一到周末就回父母家享用"妈妈饭"的夫妻绝非少数。一来是因为轻松舒服,二来又可以真切感受到大家庭成员之间亲情的纽带。

身处周末婚和现代走婚状态中的女性,住在父母家附近或回父母家住终归还是会有一种从家务琐事中解放出来的"轻松感"。前文提到的静子便在某种程度上"将错就错"地说:"反正有了孩子,会比现在往返(父母家)更频繁。"

否定他们并非难事,但现实是仍有源源不断的年轻人步入朋友式夫妻、现代走婚与别居婚的状态,这是一种趋势。如若所有夫妻从一开始便可以"休戚与共""完全不依靠父母"固然是好事,但也不乏有些人由于经济困窘或工作繁忙,很难做到这些。

那么,与其因"不想失去爱好时间""不想离开父母家"而终身不婚,倒不如先尝试一下结婚脱离父母,也不失为一个不错的选择。如若两人从一开始便很难同居,也可以尝试选择现代走婚这样的婚姻形式。

在本次调查中,仅有二成左右的单身男女表示:"赞成现代走婚,自己也想尝试。"但若加上"赞成,但自己不会去尝试"的接受派，男女均已超过六成，绝非少数。而另一方面，表示"自己已经在尝试中"的已婚男女仍然不多，但也占据了6%，即每50人中便有1人。

在其他调查中，我们还了解到一些男女间不同的倾向。例如，英德知市场咨询公司的调查结果显示出，表示"赞成"的20多岁男性占比27%，而同年龄段女性占比41%，比男性高出一成以上。除此之外，较早以前的网络调查（2009年）结果也显示出，在20多岁年轻人中，有23%的男性与39%的女性可以接受"别居婚"。终归还是女性看起来更青睐于"不即不离"的距离感。

如今流行在老家与青梅竹马结婚

【本地婚、同学婚】

该类婚姻形式的流行想必也与如今20多岁年轻人"超恋父母"的现状息息相关。他们多数倾向于婚后仍住在父母家附近，渴望回老家工作、生活。

在我们市场调查行业，有这样一种观点：**如今40岁左右人之后的世代，绝大多数都有着强烈的"地元志向"**[①]（三得利次世代研究所等）。如今20多岁的年轻一代应该也不仅是恋父母，同样是"恋家乡"的一代。近来在年轻人中"城市吉祥物""B级美食"[②]"本土偶像"等本地应援推广大受欢迎，无疑也是他们恋家乡的真实写照。

对于该现象的产生原因，众说纷纭。

---

① 指希望留在老家城市工作、生活。
② 指既好吃又便宜的大众化美食，即不使用高级素材制作的、深受普通百姓欢迎的料理。代表性美食有日本拉面、乌冬面、炒面、盖浇饭等。

因上节目而家喻户晓的评论家山田五郎曾指出:"说到底,分水岭还是出现在泡沫经济崩坏以后。"他初次察觉该分水岭的存在是在 1999 年任 *Hot-Dog PRESS* 杂志(讲谈社/2004 年 12 月休刊)主编,对当时女大学生(如今的 40 岁左右人)"喜欢的约会地点"展开调查的时候。

据调查结果显示,排在首位的是迪士尼乐园,第二、三位是富含当地特色的"回转寿司"和"自助烤肉"店。在泡沫经济时期不受欢迎的"居家约会"也成为多数受访者的优选。不仅如此,年轻人们不再去涩谷等繁华闹市逛街,而是选择在"家门口的永旺商场"购物,这般景象也愈发引人注目。

诚然,1990 年代后半期,随着日本全国范围内郊外购物中心的增多,人们不再需要专门去市里购物。与此同时,**对城市的憧憬也淡化了许多**。

另外,或许也受到经济不景气的影响,父母没有足够的钱将孩子送往城市上学寄宿,于是升入当地大学的孩子与日俱增。不过,最大的原因是,在那个"国家和公司都不会保护你"的时代里,正如前文所提到的"**只有父母和老家的朋友不会背叛我**"那样,年轻人心中依恋的天平已坚定地倾向了父母和家乡。

毫无疑问,不少年轻人认为结婚也应该"在老家"。以前,我在采访宫联谊(宇都宫市)、前联谊(前桥市)等多地区域联谊组织时,发现当地商务酒店挤满了从东京、名古屋、大阪赶来的年轻人,他们表示:"如果可以的话,我想回老家结婚。"在本次的采访中,城市出身的年轻人们支持"本地婚"的声音也不绝于耳:

"如果女方不懂名古屋的魅力,那感觉我们的价值观合不来。"

"我爱我土生土长的家乡町田,希望找一个愿意陪我一起生活在那里的(结婚对象)。"

此外，希望返乡结婚的小镇青年也绝非少数。近年来，他们趁着回老家过孟兰盆节或新年时参加婚活的**"返乡婚活"**一跃成为热门话题。

"如果有一个女孩愿意和我一起生活在乡下老家（佐贺），我会选择她。"

"还是老家（德岛）最宜居，希望与老同学结婚，回老家生活。"

等等。

最后一条心声提到的与老同学结婚，即所谓的**"同学婚"**，也是最近的热门话题。

虽说或许也受到了日本足球代表人物内田笃人与武藤嘉纪相继与老同学结婚的影响，但不管怎么说，SNS在其中发挥的作用绝对不容小觑。通过SNS，可以随时轻松地与曾经知心难忘的异性取得联系，组织同学会也颇为方便。加之Facebook等一部分SNS会显示出用户"已婚/未婚"的婚姻状态，对方现状一目了然。

在岐阜某家超市工作的爱莉（28岁）也是同学婚中的一员。

2年前，爱莉在同学聚会上与如今的丈夫重逢。两人在中学时代曾短暂交往过2个月。再次相遇时，他住在大阪，是一名自由音乐人，不过唯一的收入来源是便利店的兼职。尽管如此，爱莉还是选择与他结婚。因为那时她祖母患上了肠癌，而他恰巧表态："可以回老家岐阜结婚。"

爱莉是祖母带大的孩子。3年前，她想象着未来与丈夫在老家同住的样子，将与祖父母家在同一片区域的岐阜老屋改建成了能够三世同堂的住宅。此时，一切都已安排妥当。爱莉想让祖母赶得上婚礼，因此在她看来"结婚优先于恋爱"。

因为男方是曾经的同学，为人诚实、知根知底，所以说服起初表示反对、想让她"慢慢找对象"的父亲也没花太多时间。

如今，丈夫入赘，在爱莉老家的米店帮忙。自从结婚以来，爱莉每天都去上瑜伽课，以改善畏寒体质（备孕）。她笑着说："我想让祖母早点儿见到曾孙。"

关于"本地婚"的益处，他们普遍列举如下：
1 结婚以后，父母、祖父母及老家朋友都在身边，很安心；
2 可以在熟悉的家乡环境中生活与养育孩子；
3（若老家非中心城区）与中心城区相比，可以节省房租和生活成本，性价比高。

对于那些追求无忧无虑的年轻人来说，在老家生活、周围有可以信任的人便有了十足的安全感。不过，从爱莉的案例可以看出，这并不是他们恋家乡的唯一理由。如今 20 多岁的年轻一代，自出生以来便置身于经济衰退的大环境中，就业也不稳定，而**"本地婚"在经济方面有很大优势**，即上述益处的第三点。

事实上，他们在工作的选择上也呈现出与结婚相似的趋势。在某项针对全日本求职者的调查中，包含换工作在内共计高达近七成的男女希望返乡就业。居理由榜首位的是"想生活在父母、祖父母身边"（46％），次位是"可以住家里通勤，不用租房，经济上轻松很多"（40％）（2015 年/Mynavi）。

特地搬去乡村结婚

【移居婚、里山婚】

2013 年，区域经济学家藻谷浩介的专著《里山资本主义》一经出版，随即跻身于畅销榜单。

直至不久以前，我一直在某新闻节目（朝日广播 CAST）中与藻谷先生搭档担任评论员。节目中，他曾多次表示"比起在城市里辛苦打拼的工薪阶层，**在里山地区居住的人虽然没什么钱，但生活非常富足**。"藻谷浩介称其为"无法用金钱衡量的里山资本"，即新鲜的蔬菜与鱼肉、可口的天然水以及欢乐的篝火聚会等。

社区设计师山崎亮多年来也参与策划了不少由当地居民解决地区问题的研习会。他指出"如今 20 多岁年轻人追求环保、治愈、公平交易等，很容易与乡村生活联系在一起"。

事实上，近年来，中心城区出身的年轻人，特地移居"偏远"开启婚姻生活的举动同样引人注目。或许是由于非中心城区为增加年轻人口，提供了婚活支持与住房补贴，又或许本就有不少年轻人单纯地向往乡村的自然环境与生活方式，"梦想着搬离城市"。

第一章中登场的旅行社工作人员真理惠正是其中之一，对里山生活满怀憧憬。

去年，她参加了北海道某市举办的婚活，坚信"乡村是养育子女的最佳圣地"。尽管还没遇到心仪的对象，但她已定好了"下一站的目标是群马一带"。

另一方面，前文中提到的选择反转婚的自由职业者建呢喃过一句："如果她（妻子）因生小孩之类的事辞职的话，我们也有可能一起搬去乡村生活。"除了想降低生活成本外，建还隐约意识到如今尝试做的游戏总监工作并不适合他。或许以移居乡村为契机，也可以让他下定决心换份工作。

不过，山崎亮提出忠告："在远离中心城区生活，最好不要抱有换份工作'打工'之类的想法。"有"手艺"傍身、有生产力的人才适合乡村。

没有什么了不起的"大手艺"也无妨，主要是得掌握可以为当地人生活提供帮助的技能，比如通晓栽培蔬菜的方法啦，理发的手艺啦，等等。如此一来，便可通过"以物易物"的方式换取日常生活所需的食材，例如河里抓到的鱼，抑或当地妇女手作的腌菜。一般来说，房租及生活成本都会比中心城区低很多。

而与此相对，非中心城区便意味着未必有足够多的就业机会。山崎指出，即使不想创业，有自发地致力于"与当地人合力协作"的想法也至关重要。

试图吸引年轻人的非中心城区行政部门应该通过网站与 SNS 更加真实地传达出当地居民习以为常的生活景象抑或当地年轻人的生活实况，而并非仅泛泛宣传"富足的自然资源与安心的育儿场所"之类。

例如，坐落于北海道西部的黑松内町。

该地区以山毛榉生长的最北之地而闻名，截至 2015 年，人口仅有大约 3000 人，呈现出明显的流失趋势。当问及怎样宣传该地区的魅力时，山崎亮建议："尽管以自然环境作为宣传亮点也不错，但主打'车库烧烤'之类的本地文化活动则更佳。"

车库烧烤是指当地居民将车开出车库以后，在车库里享用烧烤的娱乐活动。黑松内町的秋冬天寒地冻，人们无法长时间聚集在露天的室外。于是，当地居民在车库里烧烤，并邀请朋友前来聚会，车库烧烤文化便应运而生了。

那么，为何山崎推荐主打这样一种活动呢？究其原因，在非中心城区，即使举办了婚活，前来参加的年轻人也寥寥可数，他们"感到尴尬""不想成为别人的谈资"。

相比之下，如果办一场车库烧烤活动，吆喝着"有好吃的烤蔬菜哦"，也更容易邀请到其他地区的异性参加。不是明晃晃地以恋爱或结婚为目的邀请，而是"先来聊聊天吧"，自然而然便有了邂逅。想必这样也会让年轻人们轻松愉快地感受到镇上所特有的社群价值。

诚然，包括里山婚在内的移居所追求的正是本真的生活与社群实感。他们通常会列举益处如下：

1 可以在富足的自然环境中享受慢生活；
2 过着近乎自给自足的生活，可以降低房租及生活成本；
3 可以真实感受到与当地人之间"轻松自在的关系"。

不过，乡村生活也存在着难以逾越的壁垒。

2014年，NHK综合频道《早安日本》在特辑节目中报道了"移居偏远"的男女们的再次出走。据报道，搬至高知的年轻人中，每5人便有1人在4年内选择离开，回到家乡等地。原因之一是"缺乏隐私"（7月13日播出）。

尽管如此，向往乡村生活和里山婚的20多岁年轻人也绝非少数。内阁府的某项调查结果（2014年）同样显示出，有32%生活在城市地区的年轻人表示"梦想着能在农山渔村定居"。其中人数最多的是20多岁年轻一代，大约占四成。

即使梦想着里山婚，也并不意味着可以在当地成功就业。尽管如此，山崎对"积极移居偏远"并不持否定态度。究其原因，近年来，企业的平均寿命仅有23.5年（2015年/东京商工研究）。即便在中心城区找到一份工作，多数公司也会在如今20多岁年轻人45—50岁左右时破产倒闭。

"如今，近九成劳动者为工薪阶层。然而直到战前，他们中有八成是个体户。我想告诉年轻人的是，如果想在乡村有所作为，以结婚为契机移居也未必行不通。毕竟生活方式是多样化的。"

"试婚"蔚然成风的征兆

【同居婚、试婚、事实婚】

  本次调查中，**年轻人支持呼声最高的是"同居婚（试婚）"**。

  未满四成（37％）的 20 多岁单身男性与近半数（49％）的单身女性表示"赞成，想尝试"。包含"赞成，但自己不会去尝试"的回答在内，赞成派男女均为 85％左右。

  在消费方面，**厌恶失败的 20 多岁年轻人同样对"先试再买"**情有独钟。运费险、试用式租赁、共享等服务，想必也是在他们谨慎态度之下应运而生的。尽管有些人指出"不高明的试用，会使他们满足于试而不去买"。但至少在消费领域情况并非如此。

  以共享汽车服务为例。"Times 24①"面向会员进行的问卷调查结果（2012 年）显示，体验汽车共享服务之前，50％的十几二十岁年轻人有汽车购买意愿，而在体验以后该比率升至 86％。由此可以推测，汽车共享服务在某种程度上提升了年轻人的购买意愿。

  据报道，联合开展共享汽车服务的宝马公司负责人也表示，在服务推出以后，年轻人的汽车购买意愿有所提升（2013 年 12 月 21 日《周刊新闻深度解读》NHK 综合频道）。即使是平常慎重购买的进口高档汽车也无一例外。

  在婚姻方面，可谓大同小异。

  实际上，究竟有多少年轻人在婚前同居？不同调查机构得出的数据结果呈现出不同程度的波动。例如，日本国家第三方机构调查结果显示出，未婚年轻人（20—34 岁）中有同居经历的男女占比均不过

---

① 日本主流汽车共享运营商。

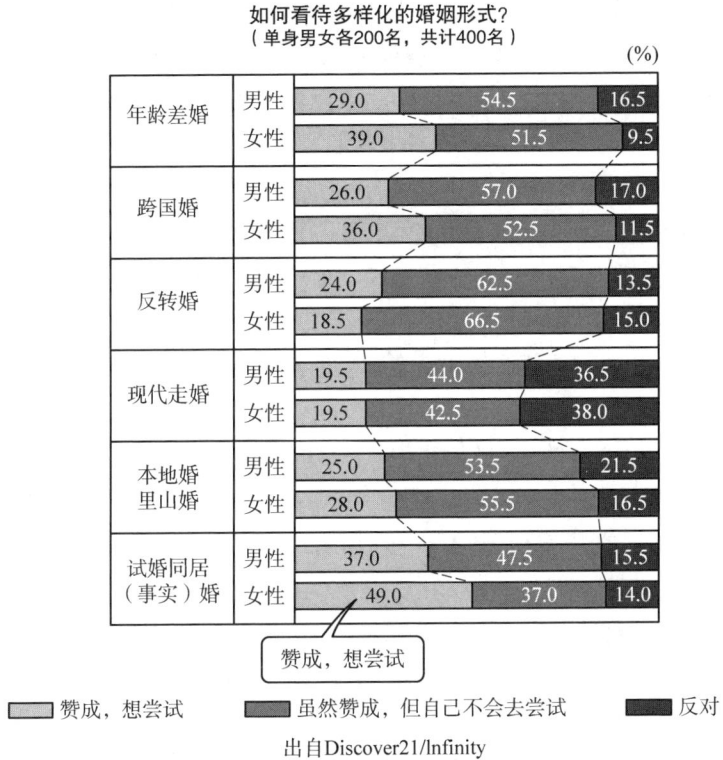

如何看待多样化的婚姻形式？
（单身男女各200名，共计400名）

					(%)
年龄差婚	男性	29.0	54.5		16.5
	女性	39.0	51.5		9.5
跨国婚	男性	26.0	57.0		17.0
	女性	36.0	52.5		11.5
反转婚	男性	24.0	62.5		13.5
	女性	18.5	66.5		15.0
现代走婚	男性	19.5	44.0		36.5
	女性	19.5	42.5		38.0
本地婚 里山婚	男性	25.0	53.0		21.5
	女性	28.0	55.5		16.5
试婚同居（事实）婚	男性	37.0	47.5		15.5
	女性	49.0	37.0		14.0

赞成，想尝试

▫ 赞成，想尝试　　▪ 虽然赞成，但自己不会去尝试　　■ 反对

出自Discover21/Infinity
《20多岁男女恋爱与婚姻相关调查》2015年

7%（2010年/国立社会保障・人口问题研究所）。

然而，在来自民间机构的调查结果中，该比率直线攀升。据房屋综合信息网站"At Home"（2013年）和婚礼场地预订网站"闪婚navi①"（2015年/A. T. brides）的调查结果显示，婚前有同居经历的男女均在41%—44%之间。早前O-Net（①/2008年）与第一生命经济研究所（②/2006年）的调查结果也分别显示出，20多岁（未

---

① 该网站秉承"半年内找到婚礼场地"理念，以优惠的价格提供半年内的婚礼服务。已于2016年11月8日更名为"Hanayume"。

不谈恋爱的年轻人　191

婚/已婚）女性的四成和 30 多岁已婚女性的 23％"有同居经历"。

不仅如此，①中 20 多岁有同居经历女性的大约六成、②中 30 多岁有同居经历已婚女性的大约 74％与同居对象步入了婚姻的殿堂。

正如第二章所述，20 多岁未登记结婚直接从同居转为事实婚姻的女性，在荷兰、法国等国家大约占五成，在瑞典大约占六成（2005 年/内阁府）。此外，事实婚等婚姻形式中出生的孩子（所谓的非婚生子女）在瑞典和法国大约占五成，在丹麦、英国等国家超过四成（2012 年/美国商务部）。

从社会角度考虑，同居婚显然有助于应对少子化现象。

那么，日本的年轻人会出于何种目的同居呢？我们在采访中收获了形形色色的答案。

例如，在某家出版社工作的秋山（24 岁）。

秋山承认自己容易感到寂寞，又"讨厌做家务"。"到现在为止，虽然时间不长，但交往过的男生都会做饭给我吃。"同居的最大好处为"会变得健康"。每天都可以不花多少钱，便能享受到男朋友亲手做的营养均衡的美味佳肴。

裕（25 岁）表示："感觉同居起初是合租的感觉，可以节省生活费。"

裕在某家 IT 企业的分公司工作，虽然是正式员工，但年收入仅有 300 万日元左右。他刚进公司时，住在员工宿舍。但后来因公司方针调整，部分宿舍不再供员工使用，他被迫迈入独居生活。因此，或许也是为了节省开支，他开始与同公司的一位女同事同居。

起初，他真的感觉像是合租。某天晚上，裕因加班没能赶上末班电车，被女同事邀请在家里借宿一晚。那晚他只是睡了一觉，什么也没发生。但第二天早上醒来以后，他开始若有所思。

"房租 12 万日元……也就是说如果我们 2 人分摊，6 万日元就可以住在这么好的地段。"

事实上,该女同事也由于一人负担的房租太高,正在考虑搬家。"我给你 6 万日元,可以让我在这里暂住一段时间吗?""可以啊。"对于裕的提议,她连连点头同意。就这样,同居 4 个月以后,两人开始交往。如今,同居未满 1 年的他们还在考虑结婚。

如裕般在不经意间步入同居生活的案例意外地多。前述"闪婚 navi"早前的某项调查结果也显示出,**不知不觉便步入了同居生活(33%)"占同居理由排行榜首位**,略微领先于"因为决定结婚"(32%)。

在某杂志社担任私编辑①的绫(33 岁)也从结婚半年前开始尝试同居,"考核了他(如今丈夫)的家务能力"。

在他们相遇的大约 1 年以前,绫为了做"婚活"采访,报名了一家婚介所。年龄、学历、相貌样样兼备的她,每个周末都会去相亲(约会),不久便意识到:"只知道一门心思拼工作的男人不适合我。"

因为她希望在结婚生子后,依然可以继续工作。

最终,绫选择了一名与自己年龄相仿的自由撰稿人。对方才华横溢,已经有了一些知名度,但收入并不稳定。不过,他工作时间灵活。当绫忙的时候,他应该可以帮忙做家务、照顾孩子。

"接下来就看他能否用冰箱里剩下的食材,麻利地做出美味佳肴了。"同居期间,他出色地通过了这一暗中考核。

未婚同居的风险与立法需求

相反,同居也可能会导致分手。

在本次采访中,工程师绫野(28 岁)便是一个活生生的例子。

---

① 与执笔作家一对一联系的编辑,地位相对高,通常在幕后工作,不抛头露面。

"同居后我才发现他是个社畜（对公司唯命是从、如家畜般工作的员工）。"绫野苦笑着说。不过，在同居的1年时间里，她"清楚了自己究竟想找什么样的男人"。

绫野自从高中时单亲妈妈带来男朋友（中年男性）并对她说"给你介绍一下"那天起，便对恋爱充满了厌恶。尽管至今她仍然认为没必要贴上"恋人"的标签，但与男性同居后，渐渐开始觉得"有一个共度余生的同伴也挺好"。

赞成同居婚、试婚的年轻人主要列举益处如下：

1 不像结婚那样设防，可以与异性在尝试的状态下共同生活；
2 如果提前约定好费用平摊，双方可以如合租般节省房租与生活成本；
3 通过同居生活可以产生对另一方的"感情"，获得自信。

从上述调查②中同样可以得知，**大约四成与同居对象结婚的男女表示"（同居）让他们对婚后生活更加自信"**，位列榜首。紧接着排在第二位的是"双方之间产生了亲情（约三成）"。

话虽如此，鉴于日本现行制度，我并不推荐女性选择同居婚。究其原因，如若女性在同居期间怀孕，而男方对此置若罔闻，佯装"不清楚"的话，那么最坏的情况是，生养孩子的负担可能会落在女性一人身上。

当然，如今通过DNA鉴定可以近乎100%准确地指明孩子的父亲。即使两人没有登记结婚，女性也仍然可以向家庭法院申请调解。只要DNA鉴定证明对方是孩子生父，便可以强制办理认领手续。

然而，该制度存在风险。如若男方不愿意配合DNA鉴定，没有任何强制性措施可以让他提供血液等生物样本。

因此，希望日本政府尽快如瑞士和法国般建立同居、事实婚的法律保护制度。

1988 年，"SAMBO 同居法"在瑞典实施。该法律给予未登记结婚但有一定同居时长的男女与已婚夫妇同等的权利和保护。自该法律实施以来，即使双方在没有结婚的情况下分手，仍有平分住宅及家庭财产的权利，父亲有义务支付子女的抚养费。由此将女性受伤害的风险降至最低。

法国于 1999 年同样出台了 PACS。该契约最初是"为了保护那些一方因艾滋病死亡，相伴多年却无法享有继承权的同性伴侣（主要为男性）而制定，保护对象不仅限于异性伴侣。

然而此后，越来越多的异性伴侣也因"制约较少，解除关系也比婚姻更简单"，选择缔结 PACS 的同居。大概是不仅可以享受税收等方面的优待，还可以仅凭单方意愿轻松终止契约关系这一点诱惑比较大吧。2005 年，修正案公布以后，以同居作为婚前过渡方式、抱着"在 PACS 的保护下，以尝试态度同居"想法的男女也有所增加。

最终，一些情侣在未登记结婚的情况下步入了"事实婚"，而出生率从契约制定前的 1.78，到 2012 年已大幅提高至 2.01。尽管有完善的育儿制度与可兼顾工作生活的良好雇佣环境相辅相成的功劳，但毫无疑问 PACS 也为解决少子化问题作出了贡献。

在日本，以婚姻登记与"家（家庭）"观念为前提的户籍制度根深蒂固。据了解，至今仍有颇多老一辈人对事实婚这种不受法律保护的家庭制度持反对态度，一听到"婚前同居什么的"便眉头紧锁。

尽管如此，我仍深感当下推进该领域的新立法迫在眉睫。究其原因，如今的年轻男女已然向超越日本传统常识的行为迈出了试探性的一步。例如，接下来即将讲述的"禁忌行为"。

"不要丈夫,只要孩子"的女性心理

【繁衍婚】

"或许只有这个孩子就好了。"

大三学生双叶(当时 21 岁/现在 28 岁)望着自己隆起的肚子说。她的母亲又迫击炮似的跟了一句:

"现在后继有人了,就不需要小始了。"

我们就先从结果讲起吧。如今,孩子已经 6 岁了,双叶仍未与孩子父亲(小始)登记结婚。他们一家三口从娘家搬了出去,因为双叶的父母及亲戚一致认为"有女儿和孙子就够了,不需要女婿"。

毫无疑问,在繁衍婚中,**丈夫的定位**不过是精子提供者。

双叶有一个亲哥,老家经营着一家在当地颇有名气的日式点心老铺。哥哥比她大 8 岁,留学归来后在当地开始了自己的一番事业。大家心照不宣地认为"双叶是老铺的继承人"。

好在双叶颇具经商天赋,高中时便研发出一种日西合璧式点心,后来成了店内的畅销品之一。她还曾在大学学园祭上因成功开店售卖日式咖啡而受到表彰。在父母的殷切期望下,大三那年春天,双叶向父母表态:"放心,我来继承老铺。"在那之后没多久,她便发现自己怀孕了。对方是大她 1 岁的社团前辈,即将入职一家骨干企业。当双叶告诉他怀孕的消息时,他说:"我来养孩子,我们结婚吧。"

但双叶脱口而出:"在那公司里工作,(工资)够用吗?"

无言以对的他听到双叶说"要接管点心店"来帮衬一下时,出乎意料地同意了。"那我也不去工作了,去帮忙打理店铺吧。"

然而,结果正如预想中的那样。老实又固执的他与双叶父母完全合不来。尽管是以类似兼职的身份"尝试"在店里帮忙,却连接待顾客之类的小事也做得无法令人满意。不仅如此,当双叶怀孕 8 个月破了羊水时,他也只顾着慌张,事情搞得一团糟。

"无能""没用"……是他给双叶一家留下的印象。

截至怀孕的那一刻,双叶对他的恋爱感情已经几乎荡然无存。之前两三个月一次的性生活也多半算履行义务。当她发现自己怀孕时,还惊讶"这么低频率的性生活竟然也能中招"。

今年即将年满 6 周岁的儿子,对双叶而言无疑是世界上最可爱的孩子。父母和祖父母也对他无限溺爱,视他为重要继承人,宠得没边没沿。而双叶的丈夫在这个家里却没有容身之处,在店里也屡屡犯错,如今成了"有名无实的店员",每天早出晚归,却不知游荡在何处。

双叶无数次地想"他好可怜""我们也没有登记结婚,是时候给他自由了"。但当我问她"为什么不那样做"时,她的回答令我瞠目结舌。

"是啊。说到底,他就是个精子银行一般的存在。"

或许老家经营着老字号店铺的双叶是个特例。话虽如此,"**不要丈夫,只要孩子**"这样半开玩笑的话,的确常有耳闻。

之前采访过的加奈(38 岁)便是其中一个。

加奈怀孕时,对方是一名小她 9 岁的自由职业者,样貌堪比杰尼斯①系美男却完全没有生活技能,只会夸下海口说"我要成为一名设计师"。当加奈告诉他怀孕的消息时,他格外欣喜,高呼着"太棒啦",却没有任何想要工作的迹象。

"他不适合做父亲。"加奈下定决心,放弃东京的生活,断绝与他

---

① 日本一家艺人经纪公司事务所,以推广男艺人及男性偶像团体为主要业务。旗下艺人有木村拓哉、樱井翔等。

的联系，回到新潟老家生孩子。"

起初，加奈以为父母会为此大发雷霆。但当她回到家时，却发现村里人都欢迎她，笑着说"可算回来啦"。孩子出生以后，加奈开始在当地的一家幼儿园工作，亲戚和邻居们轮流帮她照看孩子。

如今，女儿已经上了小学一年级。加奈偶尔会给前男友发发短信，无外乎是用手机给他发些女儿的照片。大地震发生后，加奈接到过一次前男友打来的电话，问她"没事吧"，但她依然不同意他见女儿。而前男友也并不期待探望女儿，因为不想搅乱女儿的生活。

加奈同样说过："现在想来，我是在一个完美的时间点收获了精子啊。"接着她又补充："既然怎么都要生孩子，早知道去精子银行寻找优秀基因好了（笑）。"

她们共同提到了**精子银行**。在欧美，已经有一些国家将未婚女性的利用行为合法化。不仅医疗机构，精子捐赠者个人也必须在国家相关部门登记等一定限度的立法也正在稳步推行中。不过，精子银行在大受欢迎的同时，似乎也引发了相当严重的问题。

例如，美国。由于并未对男性向精子银行捐精的次数设限，某城市竟出现了多达150名孩童是同父异母的兄弟姐妹事件。有研究者指出，这150名孩童日后或许会在不知不觉间卷入近亲乱伦问题之中，后代患上先天疾病的风险同样让人担忧（2013年9月13日/日本经济新闻）。

美国著名精子银行"加利福尼亚州精子银行（CCB）"在法国也颇具人气。据说女性可以点击选择自己喜欢的类型，比如"发色""瞳孔颜色""身高"等，如同网上购物般选购精子。

杂志 *COURRiERJapon*（2013年4月号/讲谈社）对此评论道："美国对生殖领域的监管还不如对二手车买卖监管严格。"

日本亦存在暗潮汹涌的非法精子交易

如今在日本，精子交易也已不再是遥远的"他国之事"。

2014年2月27日的《Close-up现代》（NHK综合频道）节目曝光了日本精子交易实况。我看了大吃一惊。在日本，网络上也已出现超过40个提供精子交易的个人网站（当时）。毋庸置疑，这是非法的。这些网站全部是匿名的，且运营者身份不清不楚。尽管存在着伦理问题及感染风险，女性仍趋之若鹜。

节目组通过会面、邮件等方式，分别与捐精者及对应接受其捐赠的11名女性，共计22人取得联系，其中还不乏一些未婚女性。

最具有冲击性的是那些渴望精子的未婚女性赤裸裸的心声与行为。

其中一名女性专注事业而错过了30多岁的适婚年龄。她认为没必要结婚，只想要个小孩。若选择海外的精子银行，不仅动辄需要数百万日元的费用，还不得不为了做手术而休息很长一段时间。

兜兜转转，她最终找到了日本国内某私人网站。尽管对其匿名性存疑，但还是义无反顾地冲去求助，"除了这里我别无选择"。接受采访时，她已经怀孕9周了。

另一名女性的所作所为更令人瞠目结舌。

该女性与一名网上认识、从未谋面的男性（自称是30多岁的公司职员）相约在某地铁出口，在那里给了他一个"塑料容器"，让他去公共厕所取精（精液）装进去，回到家后再用不带针头的注射器将精液注入自己的卵巢。

在节目中，日本生殖医学会理事长吉村泰典指出了由此引发的包括艾滋病在内的传染疾病问题。日本妇产科科学会伦理委员长苛原稔同样给人们敲响警钟："以该方式出生的孩子是否会幸福？势必会引发伦理方面的重大问题。"

或许以上都是较为极端的案例。

然而该问题背后所隐藏的，是部分女性别说"恋爱"了，甚至开始认为连"婚姻（丈夫）"也"大可不必"的现状。

她们虽然觉得"自己一个人度过一生"不成问题，但即使决定不结婚，也还是期盼着只要拿到精子（哪怕违法）就可以生个孩子。正因如此，想必她们不到最后决不会罢休。

在本次定量调查中，对于"仅需要男性协助怀孕，抑或是利用精子银行的'繁衍婚'"，5％的单身女性表示"赞成，想尝试"。尽管是少数派，也并非完全不存在。若将"赞成，但不会去尝试"选项囊括在内，持赞成态度的女性超过半数以上。

或许有人认为那简直是"无稽之谈"。在我看来，唯独对孩子在意至如此地步，多半也是女性的自我主义的结果。

希望政治与行政部门的相关领导可以更进一步思考这背后的根本原因。这些女性究竟为何如此执着于孩子，抑或说她们为何会被逼至如此地步……

本次采访及调查结果一目了然地显示出，一方面，多数年轻人虽然脑海中仍抱有"恋爱结婚"的幻想，但现实中或苦于为工作奔命，没有稳定的职业及收入，认为"自己不适合谈恋爱""反正找不到结婚对象"；或由于沟通能力不足，尽管自身条件成为结婚对象绰绰有余，却仍认为自己"无法与异性交往""肯定没人要我"，最终都选择了自暴自弃。

而另一方面，他们又惶恐不安。若一个人走完一生，便不得不直面近来常提到的"孤独死"风险，没有人会照顾自己的晚年。

因此，他们哪怕已经放弃了恋爱和婚姻，也依然会执念于要有个自己的孩子。他们明白，当下作为"最后堡垒"的父母总有一日会先于自己离开，或许这便是不论通过何种手段，都想有一个站在自己一边的孩子的症结所在。

恋爱结婚已化为泡影，今后支持"合作式婚姻"吧

本章开篇写道："如今 20 多岁年轻人大多期望的不是'恋爱结婚'，而是'合作式婚姻'。"他们从孩提时起便通过手机和网络与周围轻松相连，想必比起我们这些大人惧怕孤独数倍。

然而，既然如此，为何大人们不能进一步支持与恋爱分离的"合作式婚姻"呢？为何即使他们没有足够的恋爱能力、沟通能力或是经济实力，大人仍不愿认可他们靠轻松合作的方式能够步入多样化的婚姻形式呢？

通过本次采访与调查我们确信，假使日本也有如 SAMBO、PACS 般无需登记结婚的**"同居婚（事实婚）"保护制度**，以及缩短年轻人工作时间、**平衡工作生活的良好雇佣环境**，双管齐下必将成为**应对少子化问题**的有效措施之一。

别居婚也好，里山婚也罢，通过成功案例的展示以及相应补贴（房租补贴等）制度的建立，应该可以让他们意识到"原来还可以有那样的婚姻形式"。

采访中也是，只要我说"还有选择这样方式的男女（夫妇）"，就会有许多年轻人随即饶有兴趣地探起身子，"原来如此"。反过来说，这正是他们多半仍停留在墨守成规的恋爱结婚及昭和家庭印象中的真实写照。

如今的年轻一代是依照指南成长起来的顺从一代，是听从父母话的"好孩子"，很难冲破桎梏，从条条框框中独立出来。即使笼门大敞，他们也只有在大人说"外面是安全的""失败也没关系"的情况下，才敢展翅高飞。

但也正因为他们是如此温顺的人，当多样化的婚姻形式映入眼帘时，才会即使提心吊胆，仍去付诸实践。想必他们会逐渐意识到"原来还可以选择这样的形式"吧。

泡沫经济崩坏以后，"个性"与"治愈"成为消费领域的关键词。人人追求奢侈品与进口车的时代一去不复返，取而代之的是量体裁衣的小型汽车与租赁汽车，抑或是无品牌的环保袋与快消时尚等数不胜数的多样化商品，人们可以依照个人价值观做出合适的选择。

相比之下，在恋爱与婚姻方面，我们还要将"理应如此"的老旧观念强加于他们至何时呢？

事实上，1980年代以来的恋爱结婚，几乎已然随着泡沫经济的崩坏而化为泡影。

如今是时候好好向年轻人传达新型、多样化的婚姻（合作）形式了……泡沫经济崩坏以后，大多数年轻人找不到正式工作、目睹社会格差、被信息淹没、被迫践行扭曲的男女平等，认为"最终可以依赖的只有父母"。我们这些大人理应对此负有不可推卸的巨大责任。

此时此刻，让我们各代人团结一心，认真思考务实、合理、"高性价比"的多样化婚姻应有的形态吧！让年轻人以自己的方式轻松自在地结合比什么都重要。

日本的新生，定将从这里启航。

后　记

"我深感'时代已经变了'。"

一位电视台制作人朋友在结束一系列采访后喃喃地说。

他采访的主题是"代理朋友、代理家人"。据他介绍，在日本，从事代理（扮演）朋友与代理家人工作的派遣公司超过百余家，客户群体中二三十岁的年轻人也不在少数。

某派遣员工 A 女便是一例。即将举行婚礼的 A 叹息着："我在派遣公司的朋友手头都缺钱，几万日元的份子钱会成为他们的负担""因此我没办法邀请任何人"。于是，A 自掏腰包为自己的婚礼安排了 5 名代理朋友。此外，另一位年轻男性 B 委托了大约 130 名代理人出席自己的婚礼。据说其中除了代理朋友之外，还包括代理新娘以及代理新娘家人。

为何要如此大费周章？实际上，派遣员工 A 女 "不想让父母担心"，根本说不出口自己已经转为派遣工的实情。从未与异性交往过的 B 男也因 "想让独自抚养自己长大的父亲（离异）早日安心" 去委托代理公司。

二人共通的关键词大概是"与父母的代沟"。

如今，四成以上的二三十岁女性从事包括派遣在内的非正规雇佣工作。男性里终身未婚者每 5 人中便有 1 人，已然绝非少数（厚生劳动省)。不仅如此,据推测,如今 20 多岁年轻人到 50 岁时,终身未婚率将高达男性每 3 人中有 1 人,女性每 4 人中 1 人。

然而,父母们未必意识到当下这样的社会环境。

本来年轻人应该为自己高呼:"爸爸妈妈的想法太老套了!""未恋与终身不婚有什么错?!"堂堂正正地以自己的方式选择多样化的生活就好。然而,正如前文所述,他们难以启齿。

于是,为了暗自弥合代沟,甚至不惜花钱委托代理朋友和代理家人,希望"可以让父母安心"。真是孝顺的好孩子。

另外,本书中也提到了恋爱关系的转变。自 1990 年代后半期以来,人们经历了形形色色的恋爱革命,曾经的浪漫爱情与昭和时代的恋爱结婚已然过时。即便如此,如今 20 多岁年轻人仍旧被迫在宽松教育、SNS 及人际关系中一成不变地遵循"与大家友好相处""恋爱、婚姻与生育是理所应当的"这些老旧观念。

因此,他们一方面认为可能会扰乱和谐的社群内恋爱"麻烦",而另一方面又会向临时满足自己心理或身体需求的代理朋友、代理家人与性伴侣(参照第一章)伸手。女性一方面说"没有好男人""不需要丈夫",而另一方面却只想早点要个自己的孩子,最终迈向了繁衍婚(参照第三章)。

我想这些均不失为迅速弥合"恋爱、结婚和生育是理所应当的""古典"价值观与现代之间代沟的有效方式之一。所谓独木不成林,单弦不成音,独自一人呼喊不出"不恋爱不结婚也挺好"的心声,这正是当下年轻人"沉默的大多数(无声之声)"的真实写照。

那么,他们将来也会一直做"沉默的抵抗者"吗?

不,不会。2015 年夏天"反安保(法案)"示威游行中的年轻一代让我确定他们不会。想必许多人已经从新闻镜头里看到了。同年 6

月至 7 月，以大学生为核心的大批年轻人在志愿团体的号召下聚集在一起，举着"反对战争"的标语牌，在国会附近及涩谷闹市街头游行。同年 8 月，高中生群体在涩谷策划了一场反安保游行示威，参与者大约有 5000 人，其中多为十几二十岁的年轻一代（据组织者发布）。

在气温飙升的酷暑盛夏，为何还有那么多的年轻人聚集于此？据说完全是推特与 Facebook 等社交网络平台的威力。事实上，示威游行中高举的标语牌是由年轻人们在推特上传播的打印模板（专用号码和图片），经便利店终端大量打印出来的。

正如书中所述，如今的 20 多岁年轻人大多过度恐惧在同伴中唯独自己被孤立。若作为少数派，他们难以表明自己的态度说"那是不对的"，但若因某种契机周围人开始发声的话，他们便会反馈共鸣"实际上，我也是这么想的"。就这样，人数在 SNS 的迅速传播下顷刻膨胀。

如今想来，无论是 1989 年"柏林墙"的倒塌，还是 2010 年 12 月"阿拉伯之春"的爆发，背后都有全球卫星电视与 SNS 的助力。媒体的发展与超信息化社会的进步时而会以意想不到的速度点燃年轻人埋藏在心底的革命热情。

对恋爱和婚姻也不例外。若有年轻人恰巧意识到"恋爱与婚姻还是划清界限更好""务实的合作式婚姻性价比更高"，那么"是啊、是啊"的共鸣声应该会以意想不到的速度传播开来。虽然如今还呼喊不出这些声音，但在内心深处认为"老旧观念荒诞无稽"的年轻人绝非少数。

毫无疑问，年轻人的发声并不一定总是会朝着正确的方向。如若大人们依旧迟迟不推进婚姻相关改革与法制建立，或许会出现如书中所述"繁衍婚"般扭曲的社会现象愈演愈烈的风险。

正因如此，我们大人是时候该给以往的陈规旧俗与昭和时代的恋爱结婚画上句号了。当下应该认真着眼于新法制的建立与年轻人们多样化的价值观。

昭和时代的"恋爱结婚"自有其优势，寻找伴侣、开启生活、生儿育女，甚至分手离婚，也全部都是"本人的自由"。但反过来说，自由基于"自我责任"。表面上看似"想和谁结婚都可以""随时分手也可以"，但实际上近年来一些地方政府已相继出台减少社会福利保障与助学补贴政策。与此同时，不孕不育治疗补助和帮扶单亲妈妈等针对"不孕""离婚"等方面的支援工作也停滞不前。虽说社会对婚活多少有些支持，但往后的生活也要完全"依靠自己"。因此年轻人表示"不想失败"，对恋爱与结婚敬而远之。

加之当今时代，不婚主义单身贵族与日俱增，离婚比例高达每3对夫妇中便有1对，但政府的征税标准仍然是按照夫妇二人加两个孩子组成的四口之家来计算。据推测，到2030年，日本总人口的半数左右（47%）将是"一人家庭"（野村综合研究所）。这样跟不上时代脚步的制度还适合继续推行吗？

如今的年轻人对国家丝毫不抱期待。正如第一章中所提到的那样，他们早已心灰意冷，认为"反正日本就那样了"，厌倦挥舞着"自我责任论"旗帜却毫无作为的大人，开始与恋爱背道而驰，心想着"至少先把风险降下来"。

而另一方面，他们却仍旧期待着同居和结婚。或许正因为身处于不安定的时代里，他们才会对与人"合作"所获得的经济及心理上的益处更加深有体会。因此，我们大人也不应该将"恋爱结婚是理所应当的"观念强加于他们，而应该去具体支持他们所期望的"合作式婚姻"。

例如，建立如法国的PACS与瑞典的SAMBO般，给予一定同居时长的情侣享有与已婚夫妇同等权利与保护的制度。除此之外，还可以参考新加坡的"公共住宅优待制度（订婚者及有配偶者可优先申请新房）"，让年轻人感受到"结婚很划算"的高性价比益处。当然，为了促使年轻人更容易地去恋爱、婚姻、分担家务和育儿，切实推进针对非正规就业人员的社会保障制度，与平衡工作生活雇佣环境的"工作方式革命"同样至关重要。

话虽如此，父母、大人们预先构想好"21世纪的婚姻模式"是不切实际的。对年轻人的过度指导，只会让他们更加不自信，成为他们走向独立的绊脚石。保持适当距离暖心地关注着，在紧急关头为他们提供有效的安全网，在背后为他们应援，告诉他们"恋爱也好，婚姻也罢，失败了也没关系"。我想这种"守望式"的支持才是最适合如今年轻人的方式。

不必担心，如今的年轻人远比我们想象的有智慧，拥有许多潜在的能力。如果不强迫他们接受现有观念，他们必定可以凭一己之力找到恋爱与婚姻的新形式。

写在最后。

本书从采访到出版，感谢在恋爱、婚姻以及社会学领域首屈一指的各位专家与老师，感谢同我们分享难以启齿的恋爱经历的各位20多岁年轻人，感谢协助我开展定量调查的Cross Marketing各位工作人员，感谢敝司的石田美穗、船本彰子、渡边敦子、平泽良子、田村里佳，以及自策划阶段起给我提供许多热忱建议的Discover21干场弓子社长和木下智寻编辑。承蒙大家关照，感激之情无以言表。在此，我谨向各位由衷地表示感谢。

最后的最后，还是想对年轻人说一句：
"其实恋爱啊，是件意想不到的欢乐事哟。"

牛窪惠

2015年8月

恋愛しない若者たち（牛窪恵）
RENAI SHINAI WAKAMONO TACHI
Copyright © Megumi Ushikubo, 2015
Original Japanese edition published by Discover 21, Inc.,
Tokyo, Japan
Simplified Chinese edition published by arrangement with
Discover 21, Inc., through Japan Creative Agency Inc.,
Tokyo.

图字：09-2022-0056号

图书在版编目（CIP）数据

不谈恋爱的年轻人/［日］牛窪惠著；李叶译. —上海：上海译文出版社，2024.6
（译文纪实）
ISBN 978-7-5327-9488-1

Ⅰ.①不… Ⅱ.①牛…②李… Ⅲ.①纪实文学－日本－现代 Ⅳ.①I313.55

中国国家版本馆 CIP 数据核字（2024）第 084817 号

不谈恋爱的年轻人
［日］牛窪恵　著　李　叶　译
责任编辑/薛　倩　装帧设计/邵　旻　观止堂_未氓

上海译文出版社有限公司出版、发行
网址：www.yiwen.com.cn
201101　上海市闵行区号景路 159 弄 B 座
上海市崇明县裕安印刷厂印刷

开本 890×1240　1/32　印张 7　插页 2　字数 125,000
2024 年 6 月第 1 版　2024 年 6 月第 1 次印刷

ISBN 978-7-5327-9488-1/I・5937
定价：52.00 元

本书专有出版权为本社独家所有，非经本社同意不得转载、摘编或复制
如有质量问题，请与承印厂质量科联系。T: 021-59404766